純白のウエディング

ダイアナ・パーマー
山野紗織 訳

ハーレクイン
SP文庫

THE WEDDING IN WHITE

by Diana Palmer

Published by Harlequin Japan,
a Division of K.K. HarperCollins Japan, 2024

ダイアナ・パーマー

シリーズロマンスの世界でもっとも売れている作家のひとり。各紙のベストセラーリストにもたびたび登場している。かつて新聞記者として締め切りに追われる多忙な毎日を経験したことから、今も精力的に執筆を続ける。大の親日家として知られており、日本の言葉と文化を学んでいる。ジョージア州在住。

◆主要登場人物

ナタリー・ブロック……………大学生。愛称ナット。
カール……………………………ナタリーの初恋の相手。故人。
デイヴ・マーカム………………ナタリーの男友達。
ミズ・バーンズ…………………ナタリーの叔母。故人。
マッキンジー・ドナルド・キレイン……牧場経営者。通称マック。
ボブ・チャールズ・キレイン…………マックの弟。
ヴィヴィアン・キレイン…………マックの妹。ナタリーの親友。愛称ヴィヴ。
ホイット・ムーア…………………ヴィヴィアンの恋人。
グレナ……………………………マックの女友達。

1

「これじゃ私、一生結婚できないわ！」ヴィヴィアンはめそめそ声で言った。「ホイットを家に呼ぶのもだめ。夕食に招待したかっただけなのに、断りの電話を入れろなんて。兄はひどい人だわ！」

「まあまあ」ナタリー・ブロックは年若い女性を抱擁してなだめた。「マックはひどい人なんかじゃないわ。あなたのホイットへの気持ちを理解していないだけよ。それに彼はあなたが十五歳のときから親がわりをしてきたのよ」

「でもマックは兄であって、父親じゃないわ」ヴィヴィアンははなをすすり、手の甲で涙をぬぐった。「私はもう二十二歳よ。いちいち兄に指図されたくないわ！」

「仕方ないわよ、メディシンリッジ牧場では」ナタリーは苦々しく言った。メディシンリッジ牧場はモンタナのこの地域最大の牧場で、町の名もそこからとられている。「彼は大ボスなんだから」

「ふん！」ヴィヴィアンはハンカチで赤い目をふいた。「牧場はお父さんの遺産じゃないの」

「それは違うわ。あなたのお父様が残した牧場は破産寸前で、土地は銀行にとられそうだったのよ」ナタリーは居間の高価なヴィクトリア朝風の家具を手で示した。「これはすべて遺産ではなく、マックが額に汗して働いて得たものなのよ」

「そしてマッキンジー・ドナルド・キレインは、欲しいものはみな手に入れるのよね」ヴィヴィアンは憤懣《ふんまん》やるかたないようすだ。

マックがフルネームで呼ばれるのを聞くのは妙な感じだった。キレイン家の牧場を中心に発展したモンタナ州メディシンリッジ界隈《かいわい》の人間はみな、何年も前からマックと呼んでいる。子供時代の友人がファーストネームをうまく発音できなかったので、縮めた愛称で呼ばれるようになったのだ。

「マックはあなたの幸せを願っているだけよ」ナタリーはやさしく言って金髪娘の頬にキスをした。「私から話してみるわ」

「ほんとうに？」青い瞳が希望で輝いた。

「ええ」

「あなたって最高の友達だわ。兄にものを言う度胸のある人間なんて、ここにはほかにいないもの」

「ボブやチャールズはお兄さんにあれこれ言いにくいのよ」ナタリーはキレイン家の弟た

ちをかばった。マックは二十代前半から弟妹三人の親がわりを務めてきた。今は二十八歳だが、頑固で短気で口うるさく、たいていの人は恐れをなしている。ナタリーは十代のころから彼をからかい、小言めいたことも言ってきた。どんなに気むずかしく怒りっぽくても、彼のことが大好きだからだ。彼のこういった性格が片目を失ったことに起因しているのもわかっていた。

失明はおろか命をも失いかねなかった事故の直後、ナタリーはマックに、粋《いき》な左目の眼帯のせいでセクシーな海賊のように見えると言った。彼は、家へ帰れ、僕にはかまうなと反発したが、それを無視してナタリーは病室に通い、退院後もヴィヴィアンを手伝って看病した。それは容易なことではなかった。当時ナタリーは高校三年生だった。長年過ごした孤児院から、事故の前年に独身の叔母の家へ引き取られたのだが、叔母のミズ・バーンズはマックを尊敬しても、快くは思っていなかった。そんな叔母を拝み倒してナタリーは、最初は病院、のちにはキレイン家に車で送ってもらい、毎日マックの看病をしたのだ。叔母は、それは妹の役目だと考えたが、ヴィヴィアンは兄に対してはなにもできなかった。ほうっておけば、マックは北の境界へ出かけ、部下たちと子牛に焼き印を押す作業をしただろう。

最初、医師たちはマックが両目とも失明するのではないかと心配したが、のちに右目は機能することがわかった。それまでの不安な期間、ナタリーは彼につきっきりで看病し、落ちこんだときにはからかい、あきらめかけたときには勇気を出せと励ました。そして彼はめざましい回復を見せたのだった。

もちろん、マックは歩けるようになったとたん、ナタリーを追い出したが、彼女は抗議しなかった。マックのことは骨の髄までわかっているからで、それをまた彼は癪《しやく》に思っていた。彼が友人として自分を必要としていない以上、ナタリーは無理に親しくなろうとはしなかった。孤児として拒絶には慣れていたからだ。叔母が引き取ってくれたのも、心臓病の診断を受け、世話をしてくれる人間が必要になったからだ。それでもナタリーが喜んで行ったのは、孤児院にうんざりしていただけでなく、叔母の家がキレイン家の南の境界にあるからだった。以降、ナタリーは新しくできた友人のヴィヴィアンを毎日のように訪ねた。そして叔母が急死し、かなりの貯金が残されたおかげで、彼女は大学に進学し、諸経費を払いつづけることができたのだった。

ナタリーは倹約して、どうにか一人でやってきた。もう貯金は底をつきそうだが、成績がいいので、卒業後は地元の小学校で教職につける見込みだ。二十二歳の生活は、火事で両親を亡くし孤児院に入れられた六歳のときの生活より、はるかによく思えた。マック同様、悲劇や悲しみを味わっているからだ。

しかし、教職はすばらしい。ナタリーは率直で好奇心旺盛《おうせい》な一年生が大好きで、その学年を担当する予定だった。彼女と六年生担当のデイヴ・マーカムは数週間前からデートしているが、恋人というより友人関係であることは誰も知らなかった。デイヴは地元の保険会社の社員に夢中なのだが、その女性は同僚に思いを寄せている。ナタリーは今のところ結婚に興味はなかった。唯一の恋愛は高校二年生のとき、年上のティーンエイジャーに夢中になったのだが、彼はナタリーに注目しはじめた矢先に自動車事故で亡くなってしまった。両親に次いで初恋の男性にまで死なれ、愛に臆病《おくびょう》になったナタリーは、危険を冒すよりは一人でいることを望むようになった。

おまけに潔癖すぎて、近ごろはやりの衝動的なセックスなど言語道断だし、恋愛や情事にも興味がなかった。だからデイヴが現れるまで、一度もデートの経験はなかった――いや、それはほんとうじゃないわね、とナタリーは認めた。

一度マックに頼んでダンスパーティに連れていってもらったことがある。彼はパーティに参加した地元のコミュニティカレッジの男子学生よりはるかに年上だったが、誰が見てもセクシーなので、エスコートしただけでナタリーをパーティの花形にした。もっとも、例のぶしつけな性格のせいで、帰るまでには大勢の人間を怒らせていたけれど。それ以外に、ナタリーはどこかへ連れていってくれとマックに頼んだことはない。最近の彼は人間嫌いで、とりわけナタリーを嫌っているようだからだ。

ナタリーはマックがどんなに不愉快な同伴者でも気にしてはいなかった。喜ばれなくても真実を言い、社交辞令ではなく本音を口にする傾向に感心してさえいた。彼女も本心を口にするほうだが、それはマックから学んだものだ。ナタリーが妹と仲よくなってすぐ、彼は強引に彼女に言い返させた。ナタリーを怒らせたうえ、その場から逃げて泣くことを許さず、一歩も引かずに自分の信念をつらぬく勇気を持て、と教えてくれたのだ。おかげで彼女はどんな状況でも耐えられる強さを身につけたのだと思う。

そういえば、ダンスパーティに連れていってもらった夜に、マックと口論したことをナタリーは思い出した。彼は黒い目を細め、けわしい顔をにこりともさせずに、一言よけいなことを言って、彼女を玄関に置き去りにした。しかし二人の関係は、それがもとで仲たがいするようなものではなかった。

マックは二十八歳という年齢よりはるかに年上に見える。広い肩にも背負いきれないほどの責任を負い、本来の子供時代を奪われてしまったのだ。母親は若くして死に、酒に溺《おぼ》れた父親は子供を虐待するようになった。弟妹をかばって立ち向かった彼は何度も父親に殴られた。結局、父親は卒中で倒れて介護施設に入り、マックが町で整備士の仕事をしながら幼い弟妹の面倒を見た。そしてマックが二十一歳のときに父親は死に、年若い三人の弟妹を彼が育てることになったのだ。

その一方マックは慎重に投資して、優秀な家畜を買い、レッドアンガス種の牛を繁殖させるようになった。することなすことすべて成功し、唯一の不運は大きな雄牛のいる放牧場で落馬したことだった。牛はマックに襲いかかり、身を守るために角をつかもうとした彼は顔を角で突かれた。片目の失明ですんだのはせめてもの幸いだった。それ以外は今も完璧《かんぺき》な男性で、女性は大きな肉体的魅力を感じている。彼はあらゆる女性のひそかな欲望の対象だ——口を開くまでは。社交性の欠如のため、いまだ独身だが。

ナタリーは泣いているヴィヴィアンを居間に残し、マックをさがしに行った。彼は広々とした厩舎《きゅうしゃ》の玉砂利敷きの馬房に片膝をつき、ボーダーコリーを撫《な》でていた。本来は動物好きの心やさしい人間なのだ。ベイカー郡の宿なし動物はすべてキレイン家に直行し、行けば常に仲間がいた。ボーダーコリーはもちろん実用犬で、牛追いの補助に使われるが、マックは犬をかわいがり、犬も彼になついている。

ナタリーは腕を組んで厩舎の戸口に寄りかかり、子犬を撫でるマックを見てほほえんだ。気配を感じたように、彼は顔を上げた。つばの広い帽子の影で目は見えないが、おそらく彼女をにらみつけているのだろう。自分の人間的な姿を人に見られるのが嫌いなのだ。

「スラムへお越しかい、教育者くん？」マックは優雅に立ちあがりながら、間延びした口調で尋ねた。

いやみには慣れっこなので、ナタリーはただほほえんだ。「他人の生き方を見に来たのよ、牧場主さん。ヴィヴィアンによれば、彼女の生涯の恋人を家に入れてあげないそうね」

「で、君はなんだ？　僕をなだめるための生け贄《いけにえ》のバージンか？」そう言い、マックは威嚇するような足取りでつかつかとナタリーに歩み寄った。

「私がバージンだとわかるわけがないわ」腕を伸ばしたぐらいの距離で彼が立ちどまると、ナタリーは指摘した。

マックは悪態をついてあざけるようにほほえみ、ナタリーの出方を見た。

ナタリーは挑発に乗るまいと悪態を無視し、逆ににやりとしてみせた。

その反応に面食らったのか、マックは漆黒の髪にかぶった帽子を押しあげてナタリーを見つめた。彼は二世代前にラコタ族の血が入っていて、フランス語やドイツ語同様、その言葉も流暢《りゅうちょう》に話す。なににでも興味を持ち、勉強熱心な彼は、インターネットで遠方の大学のクラスを受講しているのだ。

マックは、ゆるめのジーンズと黄色のVネックセーターに包まれたナタリーの華奢《きゃしゃ》な体に大胆に視線を走らせた。ショートの褐色の髪はウエーブがかかっていて、目はエメラルドグリーン。美人ではないが、目と弧を描く口は美しく、姿態は本人がどぎまぎするほどの注目を引く。とくにマックの注目を。

「ヴィヴのボーイフレンド候補は去年ヘンリーの娘を妊娠させたんだ」マックはぶっきらぼうに言い、ナタリーが息をのむと目を細めた。「知らなかったのか？　君も妹も同じだな」

「えっ？」

「男の趣味が悪いということさ」

ナタリーはわざと怒った顔をした。「あら、あなたはとてもセクシーだと言おうとしていたのに！」

「嘘《うそ》だね」驚くほど冷淡な口調だ。

ナタリーは眉を上げた。「あーあ、私たち、今日は怒りっぽいわね！」

マックは彼女をにらみつけた。「なんの用だ？　もしヴィヴの恋人を夕食に招待する件なら、君が来ない限り、そいつも来られないぞ」

ナタリーは驚いた。ふつうなら、マックはすぐに彼女を追い出すはずなのに。「三人なら大勢なの？」

「四人だ。僕もここに住んでいる。いや、四人以上か。ヴィヴィアン、ボブ、チャールズ、僕。それに君と将来のロミオで、全部で六人だ」

「そんな細かいこと。要するに、対等な人数にするために私を来させたいわけね？」

マックの顔は無表情だ。「ドレスを着てこいよ」

この言葉にナタリーはほんとうに驚いた。「ねえ、べつに火山で異教の生け贄の儀式をするわけじゃないんでしょう？」彼女は処女の生け贄の概念を蒸し返した。

「襟ぐりの深いやつを」マックは目を細め、いくぶん官能的に胸のあたりを見る。

「じろじろ胸を見るのはよして！」ナタリーはかっとなって言い、交差させた腕で胸を隠した。

「ブラジャーをするんだな」彼は動じずに言う。

ナタリーは顔が熱くなった。「しているわ!」

「もっと厚いブラジャーだよ」

「ねえ、いったいどうしたの?」

マックは値踏みするような目つきでナタリーの体を見た。「欲望だよ。僕はずっとご無《ぶ》沙汰《さた》でね。やり方を覚えているかどうかもわからないくらいだ」

ナタリーは言葉に窮した。二人には論争相手としては親密すぎる記憶があり、マックにこんなふうにふだんより一オクターブも低い声を出されると、ぽんぽんと言い返せない。官能的すぎて膝の力が抜けそうだ。忘れえぬ夜の思い出も官能的だけれど。彼女の頭の中で警報が鳴りだした。

ナタリーの頬が紅潮するのを見て、マックはわざとらしくため息をついた。「相変わらずずうぶだな」

ナタリーは咳《せき》ばらいをした。「できたら、そういうことは言わないでほしいんだけど」

「そうだな」マックは片手を伸ばしてナタリーの巻き毛を耳のうしろにやった。驚いて彼女が身を引くと、さらに一歩歩み寄る。「決して傷つけたりはしないよ、ナタリー」彼は静かに言った。

ナタリーは緊張してほほえんだ。「しっかり文書に明記してちょうだい」そう言って、おびえたそぶりは見せずにその場を去ろうとした。

しかしうしろは厩舎のドアで、逃げ場はない。それを承知で、マックは片腕をナタリーの顔の横に伸ばし、耳のそばに手を置いた。

ナタリーは心臓が喉までせりあがりそうだった。緑色の目に恐怖をあらわにして彼を見つめた。

マックはしばらく無言で彼女の目をさぐったのち、だしぬけに言った。「カールは君を幸せにはしなかっただろう。彼の家は金持ちだ。一文なしの孤児との結婚を家族が許したはずはないよ」

苦悩でナタリーの目が曇った。「そんなこと、あなたにわからないでしょう」

「わかるさ。葬式で誰かが君の悲嘆に触れたとき、そういうことを言っていた。君は現に葬式にも出られなかった」

それはナタリーも覚えていた。そしてカールが死んだ夜に、マックが叔母の家に自分をさがしに来たことも。その週末、叔母はショッピングで町を出ていて、ナタリーは一人だった。マックはセクシーなピンクのネグリジェにローブ姿の彼女が目を泣き腫《は》らしているのを見ると、抱きあげてベッドのそばの安楽椅子に運び、泣きやむまで膝に抱いていた。思い出しても膝の力が抜けそうになる危うい瞬間ののち、彼は一晩中ベッドのそばの椅子に座り、ナタリーが眠るのを見守ったのだ。帰宅してそれを見た叔母がなにも言わなかったのは、マックが地域で集めた敬意の証《あかし》だろう。ナタリーには誰でも守りたくなるようなところがある。そのか弱さに、どんなにきびしい人もつい、ほだされるのだ。

「あなたは私を抱いてくれたわ」

「ああ」ナタリーを見るマックの顔は緊張したようだ。「抱いた」

マックがあまりに身近にいて、今にも抱きあげられそうな気がする。鋭い視線を見つめ返し、ナタリーはかすかにうずくような快感を覚えた。その感覚があまりに強烈で、裸の胸板が押しつけられる感触を思い出しそうになった。あの夜から五年がたつのに、まるで昨日のことのようだ。

「そして僕が失明したときは」マックは続けた。「君が僕を抱いてくれた」

ナタリーは下唇を噛《か》んでふるえをこらえた。「あなたを看病しようとしたのは私だけじゃないわ」

「僕がどなると、ヴィヴィアンは泣きだし、弟たちはベッドの下に隠れた。君だけが僕に言い返し、生きる気力を失わずにいさせてくれたんだよ」

ナタリーはマックの胸に視線を落とした。彼は肩幅が広く腰が締まっていて、荒馬乗りのような体格だ。チェックのシャツは胸元が開いていて、胸からベルトのあたりまでおおう濃い縮れ毛が見える。毛深くはないが、シャツを脱いだ姿は実に魅力的で、そんな彼を何度か目にしたナタリーは思い出してどぎまぎした。服の下の彼は美術館の写真で見た彫像のように美しい。そのうえ私は濃い毛におおわれた胸の感触さえも知っている……。

「カールが死んだとき、やさしくしてくれたから」ナタリーが話を戻すと、二人の間に新たな緊張が生まれた。マックの怒りがひしひしと感じられる。

「君は男の趣味が悪いという話をしたが、マーカムとやらはどうなんだ？」彼はぶっきらぼうに言った。「誰かの叔母さんのように上品ぶったやつで、殴り合いではあっという間に負けそうだが」

ナタリーは顔を上げた。「デイヴは友達よ。それにあなたが付き合っている魔女裁判の逃亡者に劣らずいい人だわ！」

マックは唇をすぼめた。「グレナは魔女じゃない」

「聖女でもないわ。そしてあなたたちがセックスしていないとしても、それが彼女のせいじゃないことは保証できるわ！」思わず言ってからナタリーは、眼帯をしていないほうの目の邪悪な輝きに気づき、舌を噛み切りたい気分になった。

「二人とも声を落としてくれませんかね」既舎の戸口で二人を見つめながら、ボブ・キレインが言った。「キッチンのセイディ・マーシャルに聞こえたら、二人がここで同棲《どうせい》しているとと日曜学校でふれまわるぞ！」彼はキレイン家の家政婦の名を挙げて叫んだ。

ナタリーは両手を腰にあて、憤然とマックの弟を見た。「お兄さんとグレナが深い仲になったら、グレナの心配をしてあげなさい！　観光名所並みに名前があちこちの電話ボックスに書かれるわ！」

マックは笑うまいとしたが、こらえきれなかった。帽子をななめにして目を隠し、厩舎の中に戻った。「やれやれ、仕事をしないと。おまえもなにかすることはないのか？」弟に尋ねた。

ボブも必死で笑いをこらえた。「三角法の勉強を手伝いにメアリー・バーンズの家に行くところだ」

「避妊具を持っていけよ」マックのおどけた声が返ってきた。

ボブは髪に劣らず真っ赤になった。「僕らがみな、一日中セックスの話をしているわけじゃないよ！」

「そうよ」ナタリーもおどけてあいづちを打ち、わざとらしくマックを見た。「なかには電話ボックスで名前をさがして、デートに呼び出す人もいるけれどね！」

「黙れ、ナット」マックは馬房を開けて馬を出すと、ナタリーとボブを無視して鞍《くら》をつけた。

「夜中までには戻るから！」ボブは逃げ出すチャンスと見て叫んだ。

「さっき言ったことは聞こえたな？」うしろからマックが念を押す。

ボブは怒った声をあげて厩舎から出ていった。

「彼はまだ十六歳なのよ、マック」落ち着きを取り戻して、ナタリーがなだめた。

マックは彼女をちらりと見た。「君もあのフットボールのヒーローと付き合っていたとき、十六歳だっただろう」

ナタリーは興味深げに彼を見た。「ええ。でも数回キスをしただけで、たいした進展はなかったわ」

マックは愉快そうにちらりと彼女を見てから雑用に戻った。鞍帯がきっちり締まっていると確かめてから、あぶみを調節する。

「その目つきはなに？」

「君がクリスマスのダンスパーティのデートを受けたと知ったとき、彼とじっくり話をしたんだ」

ナタリーはぽかんと口を開けた。「えっ？」

マックはあぶみに足をかけて鞍にまたがると、身を乗り出してナタリーを見た。「君を誘惑したら僕が相手になると言ってやったよ。彼の両親にもね」

ナタリーはショックで息もできなかった。「なんの権限があって、そんなでしゃばったまねを――」

「君は孤児院でオールドミスに育てられ、そのあとはキスの話をするだけで失神するような叔母さんと暮らしていた。男のこともセックスのことも知らない。そんな君を誰かが守らなければならない」

「あなたにそんな権利はなかったはずよ」

マックは所有物を見るような目でナタリーを見た。「いや、あったさ。今後もその考えは変わらない」そして彼女の怒りを無視して馬の向きを変えた。

「マック！」

彼は馬をとめてナタリーを見た。「土曜日の夕食に友達を招待していいとヴィヴに伝えてくれ。ただし君も来ることが条件だ」

「私は行きたくないわ！」

マックは一瞬ためらってから、馬を方向転換させて戻ってきた。「君とはいつも、なにか意見が食い違うな。だが、僕らは親しいだろう？　僕は君のことを知っているし」ナタリーの膝がふるえるような口調で言い添える。「君も僕のことを知っている」

ナタリーはとまどうほどの感情に突き動かされ、思わず憧《あこが》れもあらわなまなざしで彼を見た。

マックはゆっくり深呼吸して表情をゆるめた。「君の世話をやいたことはあやまらないよ」

「私はあなたの家族じゃないわ、マック。ヴィヴやボブやチャールズに指図するのは勝手だけれど、私に指図するのはよしてちょうだい！」

マックはナタリーの怒った顔を見てほほえんだ。「べつに指図なんてしてないよ、ベイビー」

「ベイビーとも呼ばないで！」

「そんなに怒ったら、かわいい顔がだいなしだぞ」

ナタリーは混乱して考えることができなかった。「今日のあなたはぜんぜん理解できないわ！」

「だろうね」顔から笑みが消え、マックはまばたきもせずにナタリーの目を見つめた。

「理解するよう、がんばってみろよ」

彼は馬の向きを変え、今回はそのまま立ち去った。

ナタリーは物を投げつけたい気分だった。あんなことを言ったうえ、キスするつもりかと思うほど、近づいてくるなんて。しかもクリスマスパーティのやどりぎの下でするような頬への軽いキスではなく、映画で見たような、息もできないほど濃厚なキスを。

マックの唇が触れる瞬間を想像し、ナタリーは身をふるわせた。カールが死んだ雨の夜の記憶がよみがえる。ネグリジェの肩ひもがすべり落ち……。

だめよ。ナタリーは自分に言い聞かせた。マックにふたたび思いを寄せるなんて。すでに一度経験して、ひどい目にあっているのだから。

彼女はヴィヴィアンに悪い知らせを告げに家に戻った。

「でも、うれしいわ！」友人は涙を忘れ、すっかり笑顔で叫んだ。「もちろん来てくれるんでしょう？」

「彼は私を利用しようとしているのよ」ナタリーはいらいらして言った。「そんなことはごめんだわ！」

「でも、あなたが来なければ、ホイットも来られないわ」ヴィヴィアンは哀れっぽい声を出す。「友達なら来てくれるわよね、ナット」

不満ながらも結局、ナタリーは降参した。

ヴィヴィアンは彼女を抱きしめた。「そう思ったわ。早く土曜日にならないかしら！あなたも兄も彼を気にいるわ。とってもいい人ですもの」

ナタリーはためらったが、自分が言わなければマックが言うだろう。それも容赦なく。「ヴィヴ、彼に女性問題があったことは知っているの？」

「ええ。でも、悪いのは相手のほうよ。彼女がホイットを追いかけて、避妊させなかったんだもの。ホイットが話してくれたわ」

ナタリーはその日二度目の赤面をした。こんなに気恥ずかしいことを堂々と口にできる人といるのはどうも落ち着かない。

「ごめんなさい」ヴィヴィアンはやさしくほほえんだ。「あなたって、ほんとうにうぶなのよね」

「マックもそう言ったわ」ナタリーはつぶやいた。

ヴィヴィアンはしばし友人の顔を見つめた。「兄は、ホイットはもちろん、あなたの友達のデイヴ・マーカムのことも気にくわないのよ」

「よくも私の友達付き合いを批判できるものだわ。自分はグレナみたいな、ふしだらな女と出歩いているくせに。笑わないで。なにもおかしくないわ！」

ヴィヴィアンは咳ばらいをした。「ごめんなさい。でもグレナはいい人よ。ちょっと男好きなだけで」

「次から次にね。ときには同時進行のこともあるらしいし。あなたのお兄さんがひどい病気を移されても自業自得だわ。ねえ、なぜまだ笑っているの？」

「だって、あなた、やきもちをやいているから」

「まさか！」ナタリーはなじるような口調で言った。「私はもう帰るわ」

「兄はグレナと二回デートしただけよ」ヴィヴィアンは動じずに続けた。「それにシャツに口紅をつけて帰ったこともないし。デートといっても、いっしょに映画を見に行っただけだもの」

「彼ほどの年齢になれば、口紅がつかないようにするこつも心得ているでしょう」

「あれで女性にもてるみたいなのよね」

「口を開いてイメージを壊すまではね」ナタリーが言い添えた。「彼の社交術は毒舌と笑顔。もしグレナが彼を好きなら、それは彼の口をテープでふさいでいるからにすぎないわ！」

ヴィヴィアンはこらえきれずに笑った。「それはありうるわね。でも、建前を重んじて発言を恐れる人間が多い中で、兄は新鮮な存在だと思うわ」

「それはそうだけど」

ヴィヴィアンは立ちあがった。「ナタリー？」

「なに？」

ヴィヴィアンは静かなまなざしで友人を見つめた。「今も兄を好きなのね？」

ナタリーは急いでドアへ向かった。答えるつもりはなかった。「ほんとうにもう行くわ。来週試験だから、猛勉強しないと。試験に落ちたら、卒業できないもの」

昔、あなたと兄の間にあったことはだいたい知っている、とヴィヴィアンは言いたかった。けれども、いきなりではナタリーが困惑するだろう。彼女はとても抑圧された性格だから。

「なにがあったかは知らないけど」ヴィヴィアンは嘘をついた。「あなたはまだ十七歳だったのよ。兄は二十三歳で」

ナタリーはショックで青ざめた顔をして振り返った。「彼が……話したの？」

「兄はなにも話さなかったわ」ヴィヴィアンは正直に言った。聞かなくても、兄と親友の態度を見れば一目瞭然《りょうぜん》だった。「でも、あなたは始終浮かない顔で、兄がいるときは家に来なかったし、兄はあなたが私に会いに来るとわかったときは、家にいなかった。だから、兄がなにかひどいことを言って、あなたと喧嘩《けんか》したのだろうと見当をつけたの」

「過去は触れずにほうっておくのが一番よ」

「詮索《せんさく》する気はないわ。思ったままを言っただけ」

「土曜日の夜に来るわ。でもそれは、そうしないとホイットが来られないからよ」

「二度とその話はしないわ」ヴィヴィアンは言った。「ごめんなさい。つらい思い出を蒸し返すつもりじゃなかったのよ」

「いいのよ。とっくに忘れたことだもの」思わず心にもないことを言い、ナタリーはヴィヴィアンにほほえみかけてから外に出た。平気なふりをするのは何年たってもつらかった。

2

翌朝、ナタリーは卒業試験の猛勉強で疲れた目をして、小学校の教室に座っていた。毎夜全講義のノートを復習しなければならず、考える暇もないのがかえって今は幸いだった。十七歳のとき、暗闇《くらやみ》でマックに抱かれた夜を二度と思い出したくないからだ。

書き方の練習よ、というリンゴールド先生の声でナタリーは我に返った。詫《わ》びを言ってクラスを小グループに分け、リンゴールド先生と手分けして子供たちに筆記体のアルファベットを教えた。

昼食の時間に、カフェテリアの列に並んでいるデイヴ・マーカムと会った。

「今日はいやに気取っているね」彼は笑顔で言った。長身でやせているが、マックとは違ったタイプだ。デイヴはクラシック音楽や文学を好む知性派で、乗馬や縄投げはできない。農業もろくに知らない。しかし心がやさしく、少なくともデートのあとに撃退する心配なく付き合える男性だった。

「リンゴールド先生が教室での指導ぶりをほめてくださったの。ベイリー教授が明日参観に来て、いよいよ来週、卒業試験よ」ナタリーはぶるぶるふるえてみせた。

「合格するよ」デイヴはほほえんだ。「誰でも試験はこわいが、日に一回ノートを読めば大丈夫だよ」

「そのノートが読めないのよ」ナタリーは小声で打ち明けた。「ベイリー教授に書き方で落第点をつけられたら、もう私はアウトだわ」

「それでよく子供に書き方が教えられるな?」デイヴはわざとらしくショックを受けた声で言う。

ナタリーは彼をにらみつけた。「自分ができないことでも、人に説明することはできるもの。要は、威厳のある声で言うことよ」

「それなら得意だよな。いい先生もいたようだし」

「なんのこと?」

「マッキンジー・キレインだよ」

「マックね」ナタリーは言い直した。「誰も彼をマッキンジーとは呼ばないわ」

「君以外の人はミスター・キレインと呼んでいるよ。というより、たいていの人は名前を口にしようともしないらしいが」

「それほどひどい人じゃないわ」ナタリーは言った。「人付き合いに少し問題があるだけよ」

「ああ、人付き合いというのを知らないらしいな」

「彼ぐらいの納税者になると、知る必要もないのよ」ナタリーはくすりと笑った。「それにしても本気でレバー炒《いた》めを食べるの?」デイヴの皿を見て眉をひそめる。

「内臓は体にいいんだよ。それよりははるかにね」デイヴはナタリーのタコスを見て、顔をしかめた。「そんなのを食べると香辛料で胃がやられるぞ」

「私の胃は鋼鉄製なのよ、おかげさまで」

「土曜日の夜に映画でも見に行かないか?」

「いいわね……ああ、ごめんなさい、だめだわ」ナタリーは言い直して顔をしかめた。

「その夜は夕食に行くとヴィヴィアンに約束してしまったの」

「それは定期的にかい?」

「ヴィヴィアンが特別な男性を家に呼びたいときだけよ」ナタリーは苦笑した。「私が行かなければ、ボーイフレンドも来させないとマックが言うから」

デイヴは妙な顔つきをした。「どうして?」

ナタリーはトレイを持ったままためらい、座る場所をさがした。「理由はわからないけど、それが条件なのよ。どうせ私は行かないから、それでヴィヴィアンがあきらめるだろうと思っているのかもしれないわね。彼はその男性を気にいってないから」

「なるほどね」

「この人たちはどこから来たの？」教員用テーブルにほとんど空席がないのを見て、ナタリーは尋ねた。

「教育委員会の人たちだよ。スペースの問題の実態を見に来ている」デイヴは愉快そうに言い添えた。

「これでスペースがないことはわかってもらえるわよね。とくに今は」

「現在教室がわりに使っているトレーラーをやめられるよう、追加予算に賛成してくれるといいがね」

「もらえるかしら」

デイヴは肩をすくめた。「どうかな。そういう話が出るたびに、子供のいない金持ちから苦情が出るから」

デイヴが教員用テーブルの端に席を見つけ、二人は食事をした。ナタリーは教育委員会の面々にほほえみかけ、残りの昼食時間を新規購入予定の遊具についての話し合いで費やした。マック・キレイン以外のことを考えられるのはありがたかった。

ナタリーの家はキレイン家の牧場との境界にあるが、庭がつけたし程度なのが、ともすると彼女には不満だった。芝生がほとんどなく、あるのは蔓薔薇《つるばら》でおおわれたフェンス囲いの裏庭だけだ。彼女は狭いテラスに座り、庭の唯一の木であるはこやなぎの枝からつるした餌《えさ》箱に鳥が行き来するのを眺めるのが大好きだった。境界の向こうには、キレイン家で飼育する純粋のレッドアンガス種の牛がたまにちらちら見える。実際、外の眺めは最高だった。

しかし、内側の眺めとなると、話は別だ。キッチンにはレンジと冷蔵庫と流し以外、あまり物がない。居間兼ダイニングルームには、中古のソファと安楽椅子が一つずつと、穴だらけのペルシア絨毯《じゅうたん》がある。寝室にはシングルベッドと鏡台、古い肘掛け椅子と背もたれのまっすぐな椅子が各一つ。ポーチは狭くて修理が必要だ。いわゆるアメリカンドリームとはほど遠いが、ずっと孤児院で育ったナタリーには、自分の家を持てるだけでも贅《ぜい》沢《たく》だった。高校二年のとき叔母の家に引き取られ、叔母が急死するまでの二年間、話し相手兼看護師兼家政婦をしていたが、それまでは一人になることもままならなかったのだから。

額に入れた写真の一枚は両親、もう一枚はヴィヴィアン、マック、ボブ、チャールズのキレイン一家を写したものだ。牧場のバーベキューパーティに招かれたとき、ナタリー自身が撮った。彼女はその写真を手にとって、カメラをにらむもっとも背の高い男性をまじまじと見た。写真の撮り方をうるさく指示するあまり、口を開いたところが写っている。

彼はどこでもそうだった。なににでもくわしいので、助言せずにいられないのだ。レストランの厨房《ちゅうぼう》に入っていき、誇り高いフランス人シェフに正しいバーベキューソースの作り方を説いたこともある。

ナタリーは写真を置いて、サンドイッチを作りに行った。まともな食生活とは言えない。料理はできるが、自分だけのために手間暇かけるのは無駄に思われるのだ。そのうえ、教育実習から帰宅したときには疲労困憊《こんぱい》で、食事を作る気力はもうなかった。

パンにマヨネーズにハム、レタス、チーズ。大事な栄養はすべてそろっている。独身女性には上出来よ、と思いながら、ナタリーは食べはじめた。

キレイン家から去年のクリスマスにプレゼントされた小型のカラーテレビをつける。ニュースは例によって暗いものばかりなので、アニメ番組に切り替えた。火星人マーヴィンを見るほうが、首都で起こっていることを知るよりもはるかに気がまぎれる。

食事が終わると、靴を脱ぎ、ブラックコーヒーのカップを持ってソファでくつろいだ。家を持つほどすばらしいことはないわ。ほほえみながら部屋を見まわす。そして今日は金曜日。別のレジ係の少女と曜日交代をしたので、食料雑貨店のアルバイトは今日明日と連休だし、日曜日はもともと出勤日ではない。明日の夜、正装してキレイン家の夕食に行かずにすむのなら、なんてすばらしい週末だろう。ヴィヴィアンが食事に招いた青年に本気でなければいいけれど、とナタリーは思った。マックに反対された人が二度と訪ねてきたためしはないから。

ナタリーには上等なドレスは一着しかなかった。細い肩ひもの黒いクレープ地のドレスで、足首までまっすぐなデザインだ。合わせて買ったレースのショールと、華奢《きゃしゃ》な足に合う無地のバックベルトのパンプスもある。ふだんより濃いめの化粧をした彼女は、鏡を見て顔をしかめた。やはり実年齢には見えない。十八歳でも通るだろう。

ナタリーは小型の中古車に乗りこんでキレイン家へ向かった。ヴィクトリア朝風の広い屋敷を囲むフェンスは最近ペンキを塗り直したばかりだ。手の込んだ派手な木造部に格子造りのポーチのついた屋敷は、プライバシーを求める弟たちのために翼部を増築する前から、十人の客が快適に泊まれただろう。屋敷の裏のガレージには、マックのリンカーンと牧場で使う大型トラックがとめられている。近代的な納屋にはトラクター、コンバイン、そのほかの機具が置かれ、さらに大きな牛舎にはマック自慢の種牛が飼育されている。それとは別に乗用馬の厩舎《きゅうしゃ》があり、めったに使わないテニスコートや大きな室内プール、温室もある。温室はナタリーのお気にいりの場所で、そこでマックは種々の蘭《らん》を栽培していた。

玄関の階段の下で、ヴィヴィアンが迎えに出てくると予想していると、現れたのはマックだった。ダークスーツで優雅に決めた彼は、どこかとまどった表情で、ナタリーが階段を上がるのを待っている。

「ほかにドレスはないのか？」彼はいらだたしげに尋ねた。「来るたびに同じドレスじゃないか」

ナタリーは横柄に顎を上げた。「私は週に六日働いて、大学の学費とガス代、食費、諸経費を捻出《ねんしゅつ》しているのよ。その残りで、ねずみ色のスーツに合う新品のドレスなんて買えないわ」

「失礼、失礼」マックはつぶやいてから目を細め、深い襟ぐりからのぞく胸の谷間を見た。「それでも、その襟ぐりは気にいらないな。胸が露出しすぎだろう」

ナタリーはあわてて両手を上げ、危うくイブニングバッグを天井にぶつけそうになった。

「ねえ、最近の私の胸へのこだわりはなんなの？」

マックは顔をしかめて彼女のドレスの身ごろを見た。「君がひけらかすからだよ」

「ひけらかしてなんていないわ！」

「僕のまわりでならいいが、ヴィヴィアンのセックス狂のボーイフレンドが夕食のテーブルで君を見て、よだれを流しはじめたら困るからな」

「私にそんな魅力はないわ」

「それだけの体なら、死人だって惹《ひ》かれるよ。君を見るだけで僕はうずくんだから」

ナタリーは返事に窮した。実にマックらしいあけすけな表現で頭が真っ白になってしまったのだ。

「言い返さないのか？」マックがなじる。

ナタリーはスーツ姿の彼をしげしげと見た。「あなたがうずいている男性には見えないけど」

「どうしてわかる？　うずきがなんなのかも知らないくせに」

ナタリーは顔をしかめた。「あなたはとても理解しづらいもの」

「経験豊かな女性なら、五秒もかからずに僕の言いたいことはわかるよ。君は抑圧されているうえに、目も見えないんだな」

ナタリーは眉を上げた。「なんですって？」

マックは腹立たしげに息を吐いた。「いや、いいよ」そしてくるりと踵《きびす》を返してぶっきらぼうに迫った。「入るのか？　入らないのか？」

「今夜はずいぶん怒りっぽいのね」つぶやきながらナタリーはあとを追った。「どうしたの？　グレナになんとかしてもらえないの……そのうずきを？」

マックが足をとめ、その背中にぶつかったナタリーは危うくころびそうになった。振り返ったマックが腰をつかみ、ぐいと抱き寄せた。そのまま片手を彼女の背中にまわし、自分の腰に腰を押しつける。やがて腹部に触れた彼の体が露骨に反応してきた。「グレナじゃうずきはとれないんだよ。うずきの原因じゃないから」明らかにばかにした口調だ。

「マッキンジー・ドナルド・キレイン！」ナタリーは怒りにあえいだ。

「ショックを受けたのか？」マックは静かにきいた。

ナタリーは体を離そうとしたが、マックが手に力をこめ、苦しそうにうめき声をあげる。

「痛いの？」彼女はかすれた声でささやいた。

「君が動くとね」マックの息づかいは荒い。ナタリーは興味津々に彼を見た。リラックスして体をあずけると、マックは両手を腰に添えてやさしく抱きしめた。そして目を細め、さぐるようにナタリーの顔を見た。「君にこれを感じさせたのは初めてだな」

姿勢の親密さはもちろん、こんなに容易にマックを興奮させられると知った妙な一体感に、ナタリーはうっとりした。実際、恥ずかしさはなく、あらためて彼を独り占めしたい気分だった。

「マーカムもこうなるのか？」真顔で彼は尋ねた。

「デイヴは友達だもの。考えもしないと思うわ、こんなふうに私を……抱くなんて」

「彼が望めば抱かせるのか？」

ナタリーは少し考えて顔をしかめた。「いいえ」しぶしぶ告白した。

「どうして？」

ナタリーはマックのいいほうの目をさぐった。「そんなことをしたら、たぶん……彼を嫌いになるもの」

「そうなのか？　どうして？」

「ただ、そうなのよ」

マックはナタリーの腰に添えた両手を広げ、ぴったり抱き寄せた。そして全身に快感が走ると、少し身をふるわせ、歯をくいしばって目を閉じながら、彼女の額に額を押しあてた。

ナタリーは胸の先端が硬くなるのを感じた。今はマックしか見えず、聞こえず、感じられない。密着した彼の感触に全身が喜びに脈打ち、唇にはミントのような吐息が感じられる。

「ナタリー」マックはかすれた声でささやき、両手でゆっくりとヒップを撫《な》でながら彼女を引き寄せた。

ナタリーは快感にふるえた。全身に甘く危険な感覚がさざなみのように押し寄せる。

「マック?」ささやきながら、思わず体をすり寄せた。

マックは両手をヒップからウエストにすべらせると、大胆にも薄いドレスの生地ごしにレースのブラジャーに包まれた胸を手でおおった。さぐるような目をナタリーが見つめ返すと、彼の手は深いV字形の襟ぐりの中にすべり、絹のような肌に触れた。その感触にナタリーははっとあえいだ。

「これはまずい考えだ」マックは言った。

「もちろんよ」ナタリーは声をふるわせた。体が勝手に意思表示をし、愛撫《あいぶ》を求める胸の先端に彼の手がもっと近づくようにせがんでいる。

「だめだ」マックは静かにささやいた。

「マック？」

彼は触れ合った額をそっと動かし、息をしようとした。「君の望むように触れたら、やめられなくなってしまう。家の中には四人の人間がいて、そのうち三人は、こんな僕らを見たら卒倒するだろうよ」

「ほんとうに卒倒すると思う？」

マックの親指がブラジャーの中の硬くなった胸の先端にじりじりと近づき、ナタリーは泣きそうな声を出した。

「触れてほしいかい？」

「ええ！」ナタリーは声をつまらせた。「たぶんそれだけじゃたりないよ」

「いいえ、たりるわ。それでじゅうぶんよ！」

「そうは思えないが」マックはナタリーのまぶたに唇を触れて閉じさせると、親指をものうげにレースの中にすべらせた。「小ぶりだけどきれいな胸をしているな、ナタリー。今すぐ口に含みたいよ」

ナタリーはその甘美な光景を想像し、ショックで叫び声をあげた。

「うずくよ」マックは彼女の唇にささやきかけた。親指はついに胸の先端を見つけ、強く押さえつける。

ナタリーは信じられない感覚に身をふるわせ、すすり泣きながら彼に顔を押しつけた。

マックは荒々しい声をあげ、ドアや窓から遠く暗いポーチの隅にナタリーを導いた。両手で胸を愛撫して、喉元の脈打つ部分に熱い口を押しつける。

「いいわ」ナタリーはむせぶように言って、さらに体をすり寄せた。「いいわ、マック、お願い！」

「ばかだな、夢中になって」マックはうめいた。すぐに彼はドレスのファスナーを下ろし、手で触れた跡を口でなぞりはじめた。胸の柔肌からレースのカップにもぐり、ついに硬くなった先端を口に含む。

ナタリーはマックのうなじに爪をくいこませ、初めて知る快感にひたりながら、さらに彼の唇を引き寄せた。そしてマックが暖かな闇の中で胸を吸う間、すり寄せた体をリズミカルに動かした。

だが突然マックにはねのけられ、ぐったりしていたナタリーは立っていられずによろめいた。彼は彼女から離れ、片手で体を支えて壁にもたれている。息づかいが荒く、全身が激しくふるえているようだ。ナタリーはなにを言い、どうすればいいかわからなかった。ショックで、脱げかけたドレスをたくしあげることさえできなかった。

数秒して、マックは深呼吸して振り返った。彼が体を振りほどいてから、ナタリーは一歩も動いていない。やはり彼女は痛々しいほど無垢《むく》なのだ。

「さあ」彼はドレスを直しに近づき、かすれた声で言った。「そのままじゃ中には入れないぞ」

ナタリーは当然のように服を着せてもらいながら、好奇心の強い子猫みたいに彼を見た。

「ナタリー」マックは笑い声をあげた。「いつまでも事故の被害者みたいな顔をしているなよ」

「彼女にもしているの？」そうきいて、ナタリーの目がきらめいた。

マックは小声で毒づきながら、ドレスの一番上のホックをとめた。「グレナは君には関係ないよ」

「そう。あなたは私の交友関係を尋ねるくせに、私はあなたの交友関係を尋ねてはいけないわけね」

マックはナタリーの肩をつかんだ。「グレナは木の枝で熟しかけた若い桃じゃない。お楽しみと結婚を混同しない、洗練された大人の女性だよ」

「マック！」ナタリーは怒って叫んだ。

「見なくても、君が赤面しているのはわかるよ。二十二歳になっても、カールの事故の夜に僕が寝室で抱擁して以来、一日も年をとっていないんだな」

「ちゃんと見たくせに」ナタリーはささやいた。

「見ただけだったのが君には幸いだよ」

ナタリーは薄暗い中、さぐるようにマックの顔を見た。「私が欲しかったのね」急に気づいて言った。

「ああ。だが、君は十七歳だった」

「今は二十二歳よ」

マックはため息をついてほほえんだ。「たいした差はないよ。それに、どのみち未来はない」

「たまに少し楽しみたいだけの男性にはね」ナタリーは皮肉をこめて言った。

「そう、君はそういう女性じゃないからな。僕には養わなければならない妹と二人の弟がいる。妻を持つ余裕はないんだよ」

「そうね。私がプロポーズしたことは忘れて」

マックは指でナタリーの腫《は》れた唇をなぞった。「責任もそうだが、まだ数年は身を固める気はないしね」

「きちんとお願いすれば、婚約指輪の返品に応じてもらえると思うわ」

マックは目をしばたたいた。「僕たちは同じ会話をしているのか?」

「とにかく私はあなたに安い婚約指輪を買ったのよ」ナタリーは憤慨して続けた。「どうせサイズが合わなかっただろうから、気にしないで」

マックは笑いはじめた。笑わずにいられなかった。ほんとうにナタリーときたら……。

「くそっ、ナタリー！」彼はぎゅっと彼女を抱きしめた。満たされない欲望がむきだしの、愛情のこもった抱擁だ。

　ナタリーはため息をついて抱擁を返し、目を閉じた。「鴨《かも》の雛《ひな》のようなものね」

「なんだって？」

「刷りこみよ。雛は生まれて最初に目に入った動くもののあとをついていくでしょう。母親だと思って。男女の仲もそうかもしれないわ。あなたは私が多少とも親密になった初めての男性だから、それで刷りこまれたのよ」

　マックはびくっとしてナタリーを抱きしめた。「世の中には、結婚して子供が欲しいという男はいくらでもいるよ」

「そして私もいつかそういう人を見つけるわよね。あなたは好きにして。でも、本気で私に別の人を見つけてほしいなら、暗い隅に引きこんでドレスを脱がしかけたりするのはまずいんじゃないかしら」

　マックは今では心から笑っていた。そのためにナタリーを腕から放すことになった。

「降参だよ」

「今さら遅いわ」ナタリーはポーチに落ちたバッグを拾いに行った。「指輪はいらないとあなたは言ったんですもの」

「時間があるうちに中へ入ろう」マックは言葉を返して玄関へ向かった。

「待って」ナタリーはあわてて明かりの差す場所へ行き、ゆっくり口紅を塗り直して髪を整えた。

そんな彼女をマックは熱心に見つめている。

ナタリーはコンパクトをしまってマックのほうへ行くと、顔をしげしげと見てから言った。「あなたもきちんとしたほうがいいわよ。口紅の跡はどう見ても似合わないから」

マックはナタリーをにらみつけたが、結局ハンカチを出し、頬と首の口紅をふいてもらった。幸い、白いカラーにはついていない。「次回はべたべた口紅を塗ってこないでくれ」彼はクールに言った。

「次回は両手をポケットに入れておいてね」

マックは忍び笑いをもらした。「むずかしいな。そんな胸の開いたドレスを君が着てきたら」

ナタリーはレースのショールをはおると、つんとしてマックを見、彼が玄関のドアを開けるのを待った。「今度買うドレスはぜったいスタンドカラーにするわ」

「それならボタンがないやつにしろよ」わきにどいてナタリーを通しながら、マックは憤然として言う。

「いやらしい男」

「誘惑女」

それ以上マックが憎まれ口を思いつけないうちに、ナタリーは彼の横を通って居間に入った。うわべは冷静だが、内心は今も残る愛撫の快感と不安で乱れていた。この数年、ほかのどの知り合いの男性よりマックと親密だったのに、彼は一度もキスしてくれたことがない。

でも、考えても仕方がないわ。ナタリーは立ちあがったボブとチャールズに笑顔を向け、次いでヴィヴィアンと、その横のソファから腰を上げた長身の金髪男性にほほえみかけた。

「ナタリー、ホイットよ」ヴィヴィアンが紹介した。その青い瞳は愛情たっぷりに金髪男性を見つめるが、ホイットのほうは、まるで石油を発見したかのような目でナタリーを見つめている。

いやだわ。ナタリーは握手するホイットの目の輝きに気づき、困惑した。彼がほんの少し長めに手を握り、ナタリーは顔をしかめた。これがまさか紛糾のもとになるとは思いもしなかった。

3

ホイットがナタリーの通うコミュニティカレッジの卒業生で、同じ教授の授業を受けたということも災いした。ヴィヴィアンは大学進学の希望はないが、将来どうしたいかも決まっていない。つい最近、マックから就職か進学かどちらかに決めろと言われ、ようやく地元の職業訓練学校でコンピュータープログラミングを履修してみることに同意した。そこで英語教師をしていたのがホイットなのだ。

食事中、ナタリーはヴィヴィアンが話に入れるように巧みに会話を職業訓練学校のことに向けた。ヴィヴィアンは顔が青ざめ、刻一刻と機嫌が悪くなっていく。ナタリーはこんな立場に立たせたマックを蹴《け》飛ばしたい気分だった。彼が無条件にホイットを家に招待させてやればよかったのだ！

「どうして大学でコンピュータープログラミングを勉強しなかったんだ？」横柄に見くだしたような口調で、ホイットはヴィヴィアンにきいた。

「行こうと思ったときにはもう定員がいっぱいだったのよ」ヴィヴィアンは作り笑いを浮

かべて答えた。「それに職業訓練学校でなく大学に進んでいたら、あなたにも会えなかったでしょう」

「そうだな」ホイットはヴィヴィアンにほほえみかけたが、視線はすぐにナタリーに戻る。

「学校では何年生を教える予定なんだい?」

「一年生か二年生よ」ナタリーは言った。「ということで、今日は早く帰らないと。来週試験だから、今夜は遅くまで勉強しないといけないの」

「せめてデザートまでいられないのかい?」

「ええ……ごめんなさい」

「残念だな」ホイットが言う。

「ほんとうに残念だわ」重ねてヴィヴィアンも言ったが、口調は明らかに違っている。

「車まで送るよ」ホイットの先を越してマックが言った。

敗北を悟ったホイットはおずおずとほほえみながら、コーヒーのおかわりをヴィヴィアンに頼んだ。

外は真っ暗だ。マックはナタリーの腕をとって階段を下りたが、決して愛情のあるしぐさではない。彼は今にも血管が切れそうだった。

「ほらみろ、とんだ災難だ」

「あなた自身が招いた災難よ」ナタリーはいらいらして言った。「私に来いと言い張らなければ――」

「最近じゃ〝災難《ディザスター》〟が僕のミドルネームだよ」マックはおどけて自嘲《じちょう》気味に言う。

「彼は悪い人じゃないわ。ふつうなだけよ。まずまずの姿のものはなんでも気にいる。いずれヴィヴが浮気性に気づいて見限るわ。あなたが」ナタリーは強調して付け加えた。「反対して、怒らせなければね。怒らせたら、腹いせに結婚するかもしれない」

マックは車の運転席側でとまり、ナタリーの腕を下ろした。「君がついていれば、そうはならないよ」

「ごめんだわ。ぞっとするもの、あの人。もしこのショールをしていなかったら、頭からテーブルクロスをかぶっていたわ！」

「だから、くりの深い服は着るなと言っただろう」

「あなたを困らせるために着たのよ」ナタリーは打ち明けた。「今度はコートを着てくるわ。それと彼のことを、あなたはたしかボーイフレンドと言ったけど、ぜんぜん子供《ボーイ》じゃないわ。教師じゃないの」

「僕と比べたらボーイだよ」

「あなたと比べたら、たいていの人はそうよ」ナタリーはもどかしげに言った。「あなたを尺度にしたら、ヴィヴは一生デートできないわ！」

マックはナタリーをにらみつけた。「それはお世辞には聞こえないいな」

「違うもの。あなたは男がすべて自分と同類なのを期待しているんだわ」

「僕は成功者だ」

「そう、成功者よ」ナタリーは同意した。「だけど、人付き合いは最低だわ！　口を開けば、人が逃げ出すんですからね！」

「人がきちんと仕事できないのが僕の責任か？」マックは言い返した。「人がほんとうにひどい間違いをしない限り、僕は口出ししたりしないぞ」

「好みの濃さのコーヒーをいれられないウエイトレス」ナタリーはさえぎって列挙した。「威勢よく指揮しないバンドリーダー、ホースの持ち方が悪い消防士、ウインカーを出し忘れた、前を走るパトカーの警官、靴ひもをきちんと結んでいない子供――」

「まあ、多少口うるさいかもしれないな」

「あなたは歩く消費者擁護団体よ」ナタリーは怒って言い返した。「もしあなたが敵陣営につかまっても、つかまえたほうが自殺するわ！」

マックはほほえみはじめた。「そう思うか？」

ナタリーはお手上げの格好をした。「帰るわ」

「それがいい。たぶん英語の先生も帰るだろう」

「帰らなければ、あなたがいつでも文法を直してあげればいいものね」

「そのつもりだよ」

ナタリーはドアを開けて車に乗った。

「スピードを出すなよ」マックはまじめな顔をして、開いた窓にかがみこんだ。「かなり霧が出ている。帰りを急がず、ドアもロックしておけよ」

「子供のように世話をやくのはよしてちょうだい」

「君こそ始終僕の世話をやいているじゃないか」

「あなたが自己管理できていないからよ」

「君が上手に管理してくれるんだから、僕が気にする必要はないだろう?」

ナタリーに勝ち目はなかった。おかげで少し前の抱擁、むきだしの肌に触れた力強い手の感触は思い出さずにすんだが。

「金曜日は空けておけよ」

思わぬ言葉にナタリーは顔をしかめた。「どうして?」

「ヴィヴィアンと教授を連れてビリングズに行き、夕食と観劇を楽しもうと思ってね」

ナタリーはためらった。「どうかしら……」

「試験の日程は?」

「月曜日、火曜日、木曜日、金曜日に一教科ずつ」

「それなら金曜日の夜にははめをはずせるじゃないか。新品のドレスを買う余裕はあるんだろう?」

「そうね、鎖かたびらを買うわ」

マックはにやりとした。ほほえむと、彼はふだんより若く気さくに見え、とても魅力的だ。

「五時ごろ迎えに行くよ」

ナタリーはほほえんだ。「わかったわ」

ナタリーがエンジンをかけるのを待ってから、マックは手を振ってポーチへ向かった。彼女は数秒間、彼を眺めた。二人の関係には変化があり、それは不安でもあり、うれしくもある。しかし、あえてそれを考えずに、彼女は車で走り去った。


その夜、ナタリーはマックとどこかのダブルベッドで過ごす情熱的な夢を見た。汗をかいて目を覚ますと、もう眠ることはできなかった。やましさから教会へ行ったが、帰宅して昼食のスープを作ると、ふたたび彼のことで頭がいっぱいになった。

雨は小やみなく降っている。もう少し気温が低ければ、この晩春でも雪になったかもしれない。モンタナの天気は、よくても予想不可能なのだ。

ナタリーは生物の教科書を出し、ノートを読もうとして顔をしかめた。この教科をとるのは二回目だが、試験は安心できない。どんなに勉強しても、理科は頭を抜けてしまうのだ。遺伝学は悪夢だし、動物解剖学は災難にも等しい。担当教授からは、血液循環とリンパ組織を図示する問題を出すから、実験室で多くの時間を過ごせと言われた。そこで時間があれば実験グループと過ごしたのだが、やはり今は内容を思い出そうとして髪を引っ張っているのだ。

昼から猛勉強していたが、やがて玄関のドアをノックする音がした。もう暗くなるし、おなかもすいてきた。なにか食べ物を見つけないと。たぶんヴィヴィアンだろうと思い、ナタリーはジーンズにだぶだぶのグリーンのブラウス、素足で、化粧もせず、髪もとかさずに玄関へ行った。ドアを開けると、マックがいた。ジーンズに黄色のニットシャツを着て、食料品の袋を持っている。

「フィッシュ・アンド・チップスだ」

「私への差し入れ?」ナタリーは驚いて尋ねた。

「二人分だよ」マックは肘で押してドアの中に入った。「君のコーチをしに来た」

「コーチ?」

「生物の試験のだよ。それとも助けなど必要ないかい?」

「教授にお情けをかけてもらうために、松葉杖《づえ》をついて授業に行こうかと思っていたところよ」

「君の教授は知っているが、彼は試験逃れが目的なら、子猫が惨殺されても同情しないよ。どうする、残ろうか?」

ナタリーはやさしく笑った。「ええ」

マックはキッチンへ行って皿を出しはじめた。

「コーヒーをいれ直すわ」ナタリーは前夜のことがあり、少し気恥ずかしかった。二人には長年の論争相手にしては親密すぎる記憶がある。心もち緊張してマックをちらちら見ながら、彼女はコーヒーをいれはじめた。「今夜はあなたの好きなSF映画があるんじゃないの?」

「リバイバルだよ。ケチャップはあるかい?」

「魚にケチャップ?」ナタリーはわざとらしく驚いてみせた。

「僕はなんでもケチャップをかけて食べるんだ」

「アイスクリームは別でしょう」

マックはにやりとした。「バニラにケチャップはおいしいぞ」

「まあ、いやだ!」

「少しは冒険しろよ。新しい経験をしたほうが人間としても円熟するんだぞ」

「私はアイスクリームにケチャップはかけないわ。人間として円熟しようとしまいと」

「勝手にしろ」マックはフィッシュ・アンド・チップスを皿に盛り、ナプキンやフォーク類とともに小さなキッチンテーブルに並べた。

「ここで食べるわけね」ナタリーがつぶやいた。

「居間で食べたら、テレビを見たくなるだろう。それで好きな映画でも見つけたら、勉強はおしまいだよ」

「つまらない人ね」

「君を卒業させたいんだよ。これだけがんばったのに、土壇場で気がゆるんだらまずいだろう」

「遺伝学はくわしいの？」コーヒーのドリップが終わると、ナタリーは座りながらため息をついた。

「牛を繁殖させているからね。もちろん、くわしいよ」

ナタリーは顔をしかめた。「私、生物学は大好きなのよ。だから得意だと思うわよね」

「君は子供との接し方がうまい」マックはやさしくほほえんだ。「大事なのはそこだよ」

ナタリーは肩をすくめた。「そうよね」そして黒い眼帯をしたマックの浅黒い顔をまじまじと見た。「まだインターネット・カレッジにはまっているの？」

「ああ。今期は犯罪考古学。骨の研究だよ」マックは目を輝かせた。「くわしく聞きたいかい？」

「今はいいわ」

「冷たいな」

「食事中はいやなだけよ」ナタリーはいれおわったコーヒーをブラックで二個のカップに

つぎ、マックの分を彼の前に置いて腰を下ろした。「ヴィヴのようすはどう？」魚を食べながら、きいた。

「かんかんだよ。彼氏が次のデートの約束もせずに帰ってしまったから」マックは妙な目つきでナタリーを見た。「彼が君に電話したんじゃないかと疑っているんだ」

「まさか」ナタリーはあっさり言った。「それに彼は私のタイプじゃないもの」

「どんなのがタイプなんだ？　マーカムとかいうやつか？」その声には明らかに毒がある。

「デイヴはいい人よ」

「いい人、ね」マックは魚をかじり、コーヒーで流しこんだ。「僕はいい人かい？」

ナタリーはマックのからかうような目つきを見て、顔をしかめてみせた。「あなたやがらがら蛇もね」

「そう思ったよ」マックはポテトをほおばると、椅子の背にもたれてナタリーをしげしげと見た。「君だけだな。化粧なしで女っぷりが上がる女性は」

「家に一人でいるときは面倒だもの。まさか人が来るとは思っていなかったから」

マックはほほえんだ。「気づいたよ。そのブラウスは何年前に買ったんだ？」

「三年前よ」ナタリーは褪《あ》せた模様を見て、ため息をついた。「だけど、着心地はいいの」

マックは目を細めていつまでもブラウスを見ている。どことなく不安になるまなざしだ。

「ブラジャーはしているわ！」ナタリーが叫んだ。

「ほんとうかい？」マックは眉を上げ、わざとらしく驚いてみせる。

「じろじろ見ないで」

にらみつけるナタリーを無視し、マックはにっこりして魚を平らげた。

「血液型について言ってくれ」食事がすみ、コーヒーのおかわりを飲んでいるときに、マックが言った。

ナタリーは血液型を挙げ、それぞれの適応、不適応を説明した。

「まずまずだな。では、劣性遺伝から始めよう」


マックの質問に答えはじめて、ナタリーは自分がすでにどれだけの内容を理解していたか気づいた。そして遺伝子人口と遺伝子プールの説明や種々の組み合わせの公式に来て、初めてつまずいた。

二人は居間へ移り、ナタリーはマックに教科書を渡した。彼はブーツを脱いでソファに体を伸ばし、彼女は向かい側の肘掛け椅子にまるくなって座った。

マックが解説を読み、それをナタリーに暗唱させてから、質問して正しい答えを導き出す。彼女が記憶する限り、これまで一教科をこれほど完全にたたきこまれた経験は一度もない。

次にマックは実験レポートに移り、授業で解剖したねずみの種々の血液循環パターンをナタリーに説明させた。それからナタリーをいっしょに床に座らせると、主な動脈、静脈および種々の器官の図解が見えるように、目の前に教科書を置いた。「教授はこれをどんなふうに問題に出す?」彼は尋ねた。「図を描《か》いて空白をうめさせるのか?」

「いいえ。私たちに確認させたい器官や動脈、静脈に、ただピンを刺すのがふつうよ」

「野蛮人だな」

ナタリーはにやりとした。「教授が聞いていないときはみなそう呼んでいるわ。実際、うちは生物学では、近隣のほとんどの大学より徹底した勉強をしているの。学生の大半が医学部や看護学部に進むから。おかげで生物学はまさに頭痛の種だけど、あとから補習を課される学生は一人もいないのよ」

「教育の質をよく表しているな」

「そうね」ナタリーはほほえんだ。

マックはヒントなしでもナタリーが正解を出せるまで解剖図を復習した。しかし十時になると、ナタリーがあくびをしはじめた。

「疲れただろう。今夜はぐっすり眠ったほうがいい。そうすれば、朝には頭が冴《さ》えるよ」

「手伝ってくれてありがとう」

マックは肩をすくめた。「そのための隣人だろう?　帰る前に一杯ココアをもらえるかな?」

「じゃあ、作るわ」

マックは長々と絨毯《じゆうたん》に寝そべった。「その言葉を期待していたんだ。君がホットミルクに入れるものがないと自分では作れないから。君はたしか最初から作れるんだよな?」

「ええ。すぐにできるわ」

ナタリーは材料を出してまぜ、牛乳を中古の電子レンジで温めると、湯気の立つマグカップを居間へ運んだ。くつろいでいるマックの横に体を伸ばし、並んでソファに背をもたれて温かいココアを飲んだ。

「まさに睡眠誘導剤ね」ナタリーが眠そうに言った。「そんなもの必要ないのに!」

「内容は覚えられたかい?」

「ええ、ばっちりよ。ありがとう」

「君も僕に同じことをしてくれるさ」

「ええ、そのつもりよ」

マックは飲みおわってマグカップをサイドテーブルに置き、やはり空になったナタリーのマグカップを横に並べた。「ほかの試験はどうなんだ?」

「大丈夫よ。毎日ノートを復習さえすればよかったんだから。それでもこの生物学は悪夢だったの。ぜったい理解できないと思ったわ。それを簡単に思わせるこつをあなたは心得ているのよね」

「生物学は繁殖計画でよく使うからね」マックは伸びをして肩の筋肉をほぐした。「特別な性質に品種改良しなければ、いい肉牛は得られない」

「でしょうね」ナタリーの視線は思わずマックの高い頬骨と筋の通った鼻へ行き、それから官能的な口へ下りた。見ると、体がうずうずする。

「やけにじろじろ見るな」マックがつぶやいた。

「考えていただけよ」ナタリーはぼんやり答えた。

「なにを？」

ナタリーはもじもじして目を落とし、恥ずかしそうにほほえんだ。「あなたが一度もキスしてくれたことがないなって」

「嘘《うそ》だよ」マックは愉快そうに言った。「去年のクリスマスにやどりぎの下でしたじゃないか」

「あれがキスなの？」

「まわりで妹や弟たちがずっと見ているんだから、あれが精いっぱいだよ」マックは黒い瞳をきらめかせる。

「あなたが誰かを真剣に口説いたら、みんな大騒ぎするでしょうね」

「何回か君を真剣に口説いたけどな」真顔でマックは返した。「君は気づいていないようだが」

ナタリーは頬が紅潮し、声がつまったような気がした。「気づいているわ、ちゃんと」

「いや、逃げているよ」マックは彼女のやわらかそうな口を見つめた。「君にキスをしたら楽しいだろうな、ナット。でもそうしたら、もうとまらない。君が望まないような道をたどることになるよ」

ナタリーは顔をしかめた。「どんな道？」

「僕は結婚したくない」マックは簡潔に言った。「そして君は体の関係を持ちたくない」

「マッキンジー・キレイン！」ナタリーは憤慨して叫び、座ったまま背筋を伸ばした。

「別の表現もある」マックは意地悪くにやりとした。「聞きたいかい？」

「口にしたら、そのブーツで頭をたたき割るわ！」ナタリーは脅すように言って、マックの腰の向こう側にあるブーツをつかもうとした。

しかし、マックの反応は速かった。ナタリーが伸ばした手をおなかのあたりでつかんで反対側に引っ張ると、すばやく体におおいかぶさった。

気がつくとナタリーは床にあおむけになり、緊張したマックの顔を見つめていた。笑いやひやかしを期待したが、その手の感情はうかがえない。彼はじっと動かず、目にはこわいような表情が浮かんでいる。

ナタリーは触れ合う腿の筋肉とほのかな圧迫感を覚えた。薄手の服ごしに彼の重い鼓動が胸に感じられ、間近で見つめる彼の吐息を口に感じる。かつて覚えのない近さに、全身が熱く腫《は》れあがったような気がしてきた。笑い飛ばせばいいのか、振りほどいて体を起こすべきなのか、わからない。

マックはそんなナタリーの葛藤《かっとう》に気づいたのか、親密すぎない程度に体を離した。すかさずナタリーが動いて腰をずらすと、マックは大きな手でつかんで体を動けないようにする。

「よせ」彼はかすれた声で言った。「どうなってもかまわない気分でないのなら」

ナタリーは好奇心をそそられて動くのをやめた。

マックはつかんでいた腰を放し、片手をナタリーの髪に入れてヘアバンドをはずした。髪を撫《な》でて絨毯にたらしながら、自分のものだと言わんばかりの表情で彼女の顔を見つめる。

マックの指が首の線をなぞってブラウスの襟ぐりまで行き、じらすように肌を撫でると、たまらずナタリーは身をふるわせた。ほんのかすかだが彼の脚が動き、彼女は思わず体をのけぞらせ、唇を開いて声をもらした。

マックは腰をずらしてナタリーを動けないようにした。顔はみるみるこわばってくる。

「君はそれが僕にどんな反応を起こすか知っているのか？　それとも試しているのか？」

ナタリーは唾《つば》をのみこみ、さぐるように彼の目を見た。「知らないけど、妙な気分だわ」

「妙って、どんなふうに？」

マックに見つめられ、鼓動が速くなる。「体が腫れあがったような感じなの」まるで秘密を打ち明けているかのように、ナタリーは小声でささやいた。

マックの視線は開いた唇に移った。「どこが？　ここか？」彼は片手を腰の下にすべらせ、ナタリーを持ちあげると、自分の高まった体に押しつけた。

ナタリーははっとあえいだが、逃げようとはしなかった。うっとりしてまっすぐ彼を見る。

「君が欲しい」マックは荒々しくささやいた。「そして今君は、君を求めるときの僕がどうなるか知っている」彼は手に力をこめ、ナタリーを抱き寄せた。「君もなにが欲しいか自覚しろよ。僕が我を忘れないうちに」

マックに押さえつけられて、体はとろけそうだ。ナタリーは喉からかすれた声を出し、甘美な感覚がさざなみのように押し寄せると体をふるわせた。

マックはうなるような声を出し、片手をナタリーの髪に入れて頭を固定しながら、顔を近づけた。「僕は撃ち殺されるべきだな」絞り出すように言って、開いた唇に口を触れ合わせる。

「どうして？」ナタリーはうめき声をもらして両腕を彼の首にまわした。

「ナット……」

その声はナタリーの口の中に消え、かろうじて欲望をこらえたキスが彼女のひそかな夢をかなえた。緊張が解けたナタリーは、両手でマックを抱きしめ、彼の腰の動きを許すように脚をずらした。キスが激しく濃厚になると、ふたたび苦悶《くもん》にも似たうめき声がもれる。唇をむさぼるマックはココアとまさしく男の味がした。キスの経験はあるけれど、こんなキスは初めてだ。女性を知りつくした彼の欲求に、ナタリーは経験ではなく情熱で応《こた》えた。

そんな彼女の熱中ぶりに気づいたマックは顔を上げ、興奮をなだめようとした。

「だめだ」やさしくささやきながら、彼は片腕で胸を押さえるようにしてナタリーを制する。

「どうして？　私にキスするのがいやなの？」

マックはふるえる息を吸いこんで、腰を押しあてた。「これで僕がキスを喜んでいるように感じるのかい？」彼はブラックユーモアをこめて尋ねた。

ナタリーはただ彼を見た。少し恥ずかしいが、まったく理解できない。

マックは体をずらし、絨毯の上でナタリーと並んだ。「財布の中に今使えるものがない。愛し合いたいなら、町まで行って避妊具を買ってこないと。これでわかったかい？」

ナタリーは一瞬、飛び出そうなほど目を見開いた。「つまり……セックスするっていうこと？」

「男は行きずりのセックスをする。だが、君はそういう相手じゃない」

ナタリーは好奇心むきだしの顔で、静かに彼を見つめた。「そうなの？」

マックは人さし指で彼女の唇をなぞり、唇が開くのを飢えた目で眺めた。「君が欲しいよ。たまらなく。だが避妊してもしなくても、君は良心の呵責《かしやく》で死ぬほど苦しむだろう」

ナタリーはまだためらっている。「そうかもしれないけど……」

マックは指を彼女の唇に押しあてた。「ひょっとしたら平気かもしれない。だが今夜、僕は生物学のコーチに来たんだよ。生殖ではなくね」

「赤ちゃんが欲しくないのね」ナタリーは悲しそうに言った。

マックは顔をしかめた。「今はね。いつかは欲しい。何人か」彼はナタリーの細い眉をものうげになぞった。「君は男性経験が乏しいな」

「がんばって覚えようとしているわ」

マックは指をナタリーの髪に差し入れ、そのやわらかさを味わった。「時期が来たら、どうすればいいか教えてあげるよ。今はまだだ」ほんの少しおどけた調子で彼は言い添えた。

ナタリーはいたずらっぽい目で見た。「ほんとうに？」わざと動き、彼がふるえると、にっこりする。

マックは彼女の腰をつかんで押さえつけた。「ほんとうだよ」

「わかったわ」ナタリーはため息をついて体の力を抜いた。「それなら夢で我慢するしかないわね」

マックは口をすぼめた。「僕の夢を見るのか？」

「もちろん」ナタリーは告白した。

「どんな夢か、きくべきかな？」

「赤面すると気の毒だから、よしておくわ」そう言ってナタリーは体を起こし、乱れた髪をかきあげた。

「じゃあ、そういう夢なんだね？」マックはくすりと笑う。

「あなたは私の夢なんか見ないんでしょうね」ナタリーはそれとなくさぐりを入れた。

マックはしばらく無言でいたが、ついに体を起こして立ちあがった。「まだ時間があるうちに帰るよ」そう言って、にやりとする。

「意気地なし」ナタリーはつぶやいた。「あなたはぜったい教師にはなれないわ。好奇心旺盛《おうせい》な生徒に我慢できないんですもの」

「君は僕たち二人分の好奇心があるよ。玄関まで送ってくれるかい？」

「必要なら」

マックはドアを開けて立ちどまり、欲望をあらわにナタリーを見た。「一度に一歩ずつだ、ナット。急がばまわれだよ」

その口調とほのめかしにナタリーは頬を赤らめた。

マックはかがんで軽く口づけをした。「少し寝ろよ。じゃあ、金曜日に」

「やっぱりビリングズに行くの?」

「もちろんさ。じゃあ、おやすみ」

ナタリーは満たされない欲求で膝をふらつかせながら、マックが車へ向かうのを見送った。今後どうなるかはわからないが、以前の気楽な友達関係に戻れないことは明らかだ。それを喜んでいいのかどうか、彼女に確信はなかった。

4

ナタリーは緊張した顔と不安げな会話でいっぱいの生物学教室に入り、教授から筆記試験の用紙が配られるのを待った。実験問題は、全員が別の用紙を持って実験室に入り、ラベルのついた標本を確認するのだろうと思っていたが、解剖問題も筆記試験に含まれているという。みんな戦々恐々だった。生物学では、落第して再履修しなければならない者が大勢出る。ナタリーはそうならないことを祈った。これを落としたら卒業できないのだから。

用紙が配られ、教授が開始の合図を出した。ナタリーは設問をじっくり読んでから選択問題の解答をマークしはじめた。ねずみの解剖図における種々の記号の位置を見た瞬間、いけると確信した。ほんとうにマックのおかげだ。用紙を提出したときには歓声をあげそうになった。最後に学年末試験恒例の、教授と講義の採点表に記入し、それも提出して教室を出た。終了わずか五分前だが、部屋を出たときにはまだ十五人の学生が試験用紙に向かっていた。

ナタリーは小躍りして車へ向かった。一つ終わって、残りは三つ。そして卒業だわ！マックに朗報を伝えるのが待ちきれない。

その週はあっという間に過ぎた。試験の出来はよかったから、卒業はほぼ間違いない。ただ、最終成績がまだわからず、それには教育実習の評価が含まれる。来学期から勤務予定の学校が満足してくれる成績ならいいけれど、とナタリーは思った。

金曜日になり、最後の試験を終えて英語の教室を出ながら、ナタリーはほっと安堵《あんど》の息をついた。まるで牢獄《ろうごく》から釈放されたような解放感だ。クラスメートや教授との別れはつらいけれど、長い四年間だった。もう社会に出る準備はできた。

この一週間、マックからの連絡はなかった。木曜日の夜にヴィヴィアンが電話してきて、やはりいっしょに行くのかときいた。ダブルデートにはあまり気乗りしていない声だ。ナタリーはなだめようとしたが、友人の嫉妬《しっと》心はわかるし、どうしていいかわからない。そこでマックに相談してみることにした。

携帯電話にかけるとマック本人が出たが、その声はきびきびして威厳があると同時にいらだっていた。

「マックなの？」聞き慣れない口調に驚いて、ナタリーは尋ねた。

「ナットか？」いらだちは即座に消えた。「もうこの番号は忘れていると思ったよ」彼はおもしろがっているような、なめらかな口調で言い添えた。「用はなんだい？」

「話があるの」

少し間があった。マックが送話口をおおい、最初に電話に出たときの口調で誰かと話すのが聞こえてくる。やがて彼の声がした。「いいよ。それで？」

「電話では話せないわ」

「わかった。今から行くよ」

「でも、出かけるところなの。今夜着るドレスを買いに町に行かないといけないから」

間があった。「それはいいことだな」

「あなたのせいよ。あなたがいつも一張羅のドレスをひやかすから」

「十分後に迎えに行くよ」

「言ったでしょう。今から――」

「僕も行く。十分後だ」

電話は切れた。いやだ、きっと騒動が起こるわ、とナタリーは思った。マックは店員に無理難題を吹っかけて、途中で警備員にほうり出されるだろう。

だが、マックを出し抜くのも容易なことではない。すぐさま車に乗って出かけても、行き先は知られている。それなら、うまくあしらったほうがいいかもしれない。どうせ今日、無理にドレスを買う必要はないのだ。彼の嫌いなあの服を着ればいいのだから。

きっちり十分後にマックは玄関の前に車をとめ、ナタリーが表に出ると、助手席のドアを開けた。

彼は、グレーのスラックスにグレーと白の柄のニットシャツを着たナタリーをしげしげと見た。彼は革のオーバーズボンも作業用ブーツもはいていない。駆り集めの手伝いではなく、牛の働かせ方を部下に指示していたのだろう。清潔できちんとした服装だ。

「今朝から部下は何人辞めているの?」ナタリーはシートベルトを締め、愉快そうにきいた。

マックは彼女を軽くにらみつけてから大型トラックを私道から出し、幹線道路に通じる牧場の道路に入った。「どうして誰か辞めたと思うんだ?」

「駆り集めだもの」ナタリーはトラックのドアにもたれて彼を見つめ、にやりとした。

「いつも誰か辞めるわ。たいていは、ワクチン接種や牛につける耳票のコンピューターチップについて、あなたよりくわしいと思っている人が」

マックは不快げに動いてナタリーをじろりと見てから、強くアクセルを踏みこんだ。見ると、ブーツも清潔で、きれいに磨いてある。

「ジョーンズが辞めたよ」少ししてマックは打ち明けた。「だが、彼はどうせ辞めるつもりだったんだ。せっかくのコンピューターの知識が牛牧場では無駄になると思っているやつだからな」

「彼のプログラミングにけちをつけたのね」

「やり方が間違っていたからだ」マックは吐き出すように言った。「群れの記録を混乱させて、体重増加率がまったくわからなくなったんだぞ」

ナタリーはくすりと笑った。「目に浮かぶわ」

マックはグレーのカウボーイハットを脱ぎ、バイザーの上の帽子入れに押しこんでから、いらだたしげに髪をかきあげた。「彼は子牛も成牛もひとまとめにしていた。別にしないと、データはまるで役に立たないのに」

「その人、牧場で働いた経験はあるの？」

「養豚場でね」マックはいかにもうんざりした顔だ。

ナタリーは笑みを隠した。「なるほど」

「彼は、そういう操作は重要ではない、表計算のプログラムについてはじゅうぶん知っていると言ったんだ」マックはちらりとナタリーを見た。「なにもわかっちゃいないのさ」

「そういえば、思い出したわ」ナタリーはひやかした。「あなたは前学期にコンピュータープログラミングのコースを履修したのよね」

「優秀な成績で合格したよ。やつはぜったいそうじゃないね！」

「間違ってもあなたに教員資格コースは履修しないでほしいわ」ナタリーは独り言を言った。

「聞こえたぞ」マックが切り返した。

「ごめんなさい」

マックは一時停止して往来がないのを確かめてから、幹線道路に入った。「試験はどうだったんだ?」

「予想よりずっとできたわ」ナタリーはにっこりして言った。「生物の勉強を手伝ってくれたおかげよ」

マックはほほえんだ。「僕も楽しかったよ」

それをどう解釈していいかわからずにいると、マックがセクシーな笑みを浮かべてちらっと見たので、ナタリーは頬を赤らめた。

「どんなドレスを買うつもりなんだい?」

ナタリーは警戒してマックを見た。「シンプルな黒いドレスがいいわ」

「今の季節はベルベットだな」マックは気軽に言った。「君はグリーンのベルベットが似合うよ。エメラルドグリーンが」

「どうかしら……」

「ベルベットの感触が好きなんだ」

ナタリーは目を細めて彼をにらんだ。「ふうん、グレナが着ているの?」考える前にきいていた。

「いや」マックは一瞬、道路から目を離してナタリーを見た。「いいね」そう言って、にっこりする。

「なにがいいの?」ナタリーはいらいらしてきいた。「妬《や》いているんだろう」

どきっとしたナタリーは、言い訳を考えながら窓の外を見た。

「文句を言っているんじゃないよ」しばらくしてマックが言った。

「それでも私は愛人なんてごめんだわ。万一あなたがそれを考えていたのなら」マックの気をそらそうとして、ナタリーは大胆に言った。たしかに妬いていたのだが、それを認めたくはなかった。

マックは忍び笑いをもらした。「覚えておくよ」

ドライブはすぐに終わった。ナタリーが行きたい店を言うと、マックは小さなブティックの入り口近くの駐車スペースにトラックをとめた。

「あなたは来なくていいわ」マックが歩道で合流すると、ナタリーは抗議するように言った。

「君の勝手にさせたら、肩ひもつきの黒いドレスを持って出てくるだろう。君が行くところには僕も行くよ」彼は動じずに言った。「僕をファッションアドバイザーと思えばいいさ」

ナタリーがにらみつけても、マックはひるまない。「わかったわ」ついに彼女は降参した。「だけど、店員さんにあれこれ口出しをするのはごめんよ！　そうしたら私は帰りますからね」

「了解」

マックはナタリーについて店に入った。店では、若い女性と年輩の女性がセール品のドレスを見ている。ナタリーがそちらに向かうと、マックはそっと手を握ってブランド品のほうへ導いた。

「だけど、予算が……」

マックはナタリーの唇に人さし指を押しあてた。「さあ、こっちへ」彼は考えるようにナタリーを見てから、ラックのハンガーを動かし、ゆったりした袖《そで》に浅いVネックの、ふくらはぎ丈のベルベットのドレスを見つけた。彼はナタリーの体にそれをあててみた。

「よし。この色がいい。君の目の色が変化して見える」

「ええ、ほんとうにそうですわ」年輩の店員がうしろから声をかけた。「それに、そのドレスもセールになっておりますし。若い花嫁さん用に注文したんですが、その方が思いがけなく妊娠して、返品せざるをえなくなったんです」

ナタリーはドレスを見てから、不安そうな表情でマックを見た。

「大丈夫だよ」彼はおどけてつぶやいた。「妊娠は感染しないから」

店員はすばやく顔をそむけ、反対側にいる若い女性はこらえきれずに吹き出した。

「試着してみろよ。楽しむだけでいいから」マックがうながす。

ナタリーはドレスを胸に抱いて店員についていき、奥の試着室へ入った。マックがどうしてサイズを判断したかは考えたくないが、ドレスはまるであつらえたようで、目の色が変化して見えるというのも正しかった。おかげでナタリーは神秘的で誘惑的なうえ、セクシーにさえ見えた。古典的な美女ではないが、洗練された雰囲気が出て、実に魅力的だと我ながら思い、驚いた。

「どう?」マックが試着室の外から尋ねた。

ナタリーはためらった。あら、なかなかいいじゃないの。自分に言い聞かせて、試着室から出た。

マックは無言だったが、言葉は必要なかった。みごとなほどぴったりなドレスを着た誘惑的な若い女性を見つめ、顔全体が引き締まったようだ。

「どう?」ナタリーは彼の言葉を繰り返した。

マックは彼女と目を合わせた。やはり言葉はなく、両手はポケットに入れたままだ。ひたすら見つめずにはいられないようだった。

「まさにお客様のためのドレスですよ」店員がため息まじりに言った。

「それをもらおう」マックが静かに言った。

「だけど、マック、大丈夫かしら……」ナタリーが言いはじめた。ドレスには値札がなく、セール品といっても、予算内でおさまらないかもしれない。

「大丈夫だよ」マックは店員について店内に戻った。

ナタリーは浮かない顔で二人のあとを目で追った。抗議しようと思えばできるのだが、マックと店員の結束が固く、つけ入るすきがない。

ナタリーが元のスラックスとシャツに着替え、バッグから出した小さなブラシで髪を整えたころには、マックは伝票にサインしていた。そして彼が伝票とペンを店員に渡し、振り返ったところへ、ナタリーが腕にドレスをかけてやってきた。

「ちょうだいします。包装いたしますから」

ナタリーはドレスを渡し、店員がハンガーにかけて袋でおおってから裾《すそ》を結ぶのをぼんやり眺めた。

「ほんとうにお似合いですよ」店員はほほえみながら言って、ハンガーをマックに渡す。

「ありがとう」ナタリーは店員に礼を言っているのか、エスコート役を決めこんだ男性に言っているのか、よくわからなかった。

マックは先に立って店を出て、購入したてのドレスを後部座席のフックにかけてから、ナタリーをトラックに乗せた。「ドレスに合う靴はあるのかい?」

「おしゃれな黒の革靴とそろいのバッグがあるわ」ナタリーは言った。「マック、どうして支払ってくれたりしたの？　みんながどう思うか――」

マックは片手でナタリーの手をつかみ、飢えたように握り締めた。「君が話さなければ、誰も君が買わなかったとは気づかないよ」ぶっきらぼうに言って顔を横に向け、熱をこめて彼女を見る。「あれはほんとうに、君のためのドレスだった」

「そうね……」

マックは親密にナタリーの指に指をからめた。「あれならビリングズに着ていける。ナイトクラブまわりをするときにも」

その言葉はもちろん、愛撫《あいぶ》するような指の感触に、ナタリーは胸がどきどきした。「ナイトクラブまわりをするの？」

「いろいろな場所へ行くのさ」気さくにマックは言った。「教師の仕事は秋からだ。それまでたっぷり暇な時間があるだろう。日帰り旅行やピクニックにも行こう」

ナタリーは全身がうずうずし、自分の手を握る大きく美しい手を見た。「四人そろって？」彼はこのお目付役のことを少し重大に考えすぎではないかしら？　そう思いながら、彼女は尋ねた。

「僕たち二人でだよ、ナット」

「ああ」

幹線道路から未舗装道路に入り、大きなペカンの木の下まで来ると、マックは車をとめてエンジンを切った。そして黒い目でじっとナタリーの顔を見つめる。「マーカムのことは本気なのか？」

「前にも言ったでしょう。彼は友達よ」

「どんな友達だ？　キスするのか？」

ナタリーは心配そうに眉をひそめた。「それは、その、いいえ……」

「どうしてしないんだ？」

ナタリーは憤然とため息をついた。「キスするのが好きじゃないからよ、マック……」

「僕とキスするのは好きだろう」彼は静かに続けた。

「あなたといると不安になるわ。どうしていきなり質問攻めにするの？」

マックは自分とナタリーのシートベルトをはずすと、彼女を抱き寄せた。ナタリーの背中をハンドルに向け、頭を左肩にもたれさせて、しばらく顔を見つめてから口を開いた。

「君が同僚の教師と末永く交際するつもりなのか知りたいんだよ」

「そういう関係じゃないわ」ナタリーは打ち明けた。

マックの手はナタリーの肩の線をなぞってから、やわらかな胸のふくらみまですべりおりた。彼女はあえいでマックの手首をつかんだが、彼は動じない。

「怒ったふりをする必要はないよ」マックはやさしく言った。「前にもこんなふうに触れたことがあるだろう」

「だめよ」ナタリーはうろたえてささやいた。

「なぜ?」マックは手を広げてゆっくり官能的に愛撫する。たちまちナタリーの胸の先は硬くなった。「君の頭はいやがっていても、体は喜んでいるよ」

「私の体が愚かなのよ」ナタリーはつぶやいた。

「いや、君の体は実に男の趣味がいい」マックはひやかすように言う。

「ねえ、正気なの? 真っ昼間よ。ほかの車が来たらどうするの?」ナタリーは怒って尋ねた。

「そうしたら君のシャツに蜂《はち》が飛びこんだから、車をとめて出していたところだと言うよ」マックはつぶやきながら顔を下げた。「さあ、そんなありそうもないことを心配するのはやめて、キスしてくれ」

やはりまずいわ、とナタリーは言おうとしたが、その前にマックの口がやわらかな唇をおおっていた。ものうげなリズムで上唇を噛《か》まれると、もう頭が働かない。手がシャツの中に入り、薄いブラジャーの肩ひもの下にすべりこむと、完全に思考が停止した。

外から風がやさしくうめくのが聞こえ、自分の鼓動が耳に響く。ナタリーはマックのコットンシャツをつかみ、さらに体をすり寄せた。

マックはやさしくナタリーの下唇を噛みながら指でボタンをさぐり、ボタン穴からはずすと、彼女の手を自分のシャツの中に導き入れ、黒い毛におおわれた硬い筋肉に触れさせた。

それがあの雨の夜の記憶をよみがえらせた。カールが死んだあと、マックがやってきて、そばにいてくれた。あの夜も彼はナタリーを抱き寄せ、両手をシャツの中に導いて素肌の胸に触れさせた。そして突然、自制心を忘れ……。

ナタリーの手がとまった。彼女は唇を離し、うっとりした目に不安の色を浮かべてマックを見た。

「どうした？」

ナタリーは唾《つば》をのみこんだ。「あなたを……やっかいな状況に追いやりたくないわ」

「もうやっかいになっているよ」マックはナタリーの頭を腕にかかえると、シャツの中の手を背中にまわし、ブラジャーのホックをはずした。

「だめよ」ナタリーは抗議しようとした。

マックは顔を上げて数秒あたりを見まわしてから、ナタリーに目を戻した。「車は見えない。道路から見える場所で君を奪うつもりはないよ」

「それはわかったけど」

「いやなら言ってくれ。手を離すから」マックはためらいながら、ぶっきらぼうに言う。

ナタリーはそう言いたかった。シャツの胸を半分はだけ、長いキスで唇を腫《は》らしたマックはひどく傲慢《ごうまん》に見える。髪が乱れて、きびしく危険な感じがする。手を離してと言ったほうがいい。しかしマックに指で腕の下をなぞられると、心ならずもほんとうに触れてほしい場所に彼の手を導こうと、ナタリーは体をくねらせた。

「やっぱりな」マックは静かに言い、シャツとブラジャーをたくしあげて、あらわになった胸に目を凝らした。

ナタリーは息が苦しく、名ばかりの抗議もできなかった。彼に見られるのは決していやではない。繊細な肌を指先でそっとなぞられるのも、芸術作品を見るような目で見られるのも心地よい。恥ずかしがることなどできなかった。

「なにも言わないのか?」マックはそっとからかう。

「ええ」ナタリーはささやいた。やさしく胸を愛撫される快感で、息は切れ切れだ。

マックの親指に乱暴に胸の先をこすられると、ナタリーは純粋な喜びに体をそらし、唇を噛んだ。

「君以外の女性とこんな気持ちになったことはないよ」マックは顔を下げながらささやいた。「夜、夢に見るだけで気が狂いそうに思うこともある」

ナタリーにはほとんど聞こえていなかった。彼の口が突然胸をおおい、きつく吸いはじめた。

ナタリーは声をあげて叫び、身をふるわせた。トラックの運転席は涼しいが、彼女の全身は燃えあがっている。両腕をマックの首に巻きつけ、熱くほてった顔を彼の首にうずめながら、愛撫が激しくなると快感で泣きだしそうになった。

ナタリーはマックの頭を引き寄せ、さらに唇を密着させようとした。しかし彼は抵抗して顔を離し、荒々しい瞳で目を見つめながら、やさしく言った。「だめだ。君を傷つけてしまうよ」

「傷つかないわ」ナタリーの目には激しい感情が荒れ狂っている。「やめないで」声をふるわせて、彼女はささやいた。

マックは指でナタリーの胸の曲線をなぞり、思わず彼女の体がのけぞるのを眺めた。「君の肌は絹のようだ。いくらでも欲しいよ」そして彼はふたたび身をかがめ、唇で愛撫した。

ナタリーは温かな唇の感触に溺《おぼ》れ、夢中になって身をのけぞらせた。

遠くから車の音がした。しぶしぶマックは頭を上げ、道路を見て顔をしかめながらナタリーを起こした。「地球上に二人きりだと思ったのに」無理に笑いながらつぶやいた。「希望的観測だったようだな。手伝おうか?」背中のブラジャーのホックをさぐるナタリーに尋ねた。

「大丈夫」ナタリーは走り過ぎる車に目をやった。二人だけの時間も終わりね。そう思ってから、車が通り過ぎずに後方にとまっていたら、どんなに恥ずかしかったろうと気づいて、頬を赤らめた。

二人ともシートベルトを締めると、マックはトラックのエンジンをかけた。

「君のような女性が相手だと、男はうぬぼれるな」彼はやさしくほほえみながらつぶやいた。

「あなたに抵抗できないのは私のせいじゃないわ。あなたが服を脱がすのをやめれば――」

「それは無理だよ。生きがいがなくなるから」マックはバックして、道路に戻った。「それに」にやりとして言い添えた。「僕がやめたら、君はどうやって実地練習をするんだ?」

「練習しすぎかもしれないわ」ナタリーは愛情をこめてマックを見たが、彼が気づく前に目をそらした。

「心配するなよ。君が本心から望まないことは無理強いしないから」

「その気ならできるの?」

「もちろん」彼は静かに答えた。「だが君は僕をうらむだろうし、僕も自己嫌悪におちいるだろう。なんであれ正直にいかないと。奇襲や誘惑はなしだ」

「あなたとベッドをともにする気はないわ」ナタリーは弁解がましく言った。

「いや、そうなるさ。だが、僕はそこまでいくつもりはない。これ以上の責任はかかえきれないからな」マックの顔がけわしくなった。「弟たちは自分でどうにかできるが、ヴィヴには無理だ。むしろ日ごとに幼稚になっていくようで」彼はちらりとナタリーを見た。

「今は君にひどく腹を立てている」

「ホイットがやたらに私を気にかけるからね」ナタリーは悲しそうに言った。

「そうだ」

「でも、それは私のせいじゃないわ」

「ああ。だが、ヴィヴは信じないだろう。カールが死んだ直後のあいつを覚えているだろう?」マックは言い添えた。「あいつは君を彼のガールフレンドとは考えていなかった。自分に近づくために、君とデートしただけだと言い張ったんだ。妹はかわいいが、少しうぬぼれが強すぎる」

「実際、彼女はきれいだもの。私は違うけど」

マックはナタリーを見て、ゆっくりほほえんだ。「君は美人コンテストの優勝者十人分に値するよ、ナット」まるでベルベットの手袋で愛撫するような口調だ。「寛大でやさしい。やさしすぎることもあるが。人を拒絶できないから、つけこまれるのさ」

「ええ、そうよね」ナタリーは辛辣《しんらつ》に言った。「現に私がキスさせたからって、あなたは――」

「優位に立っているうちにやめておけよ」マックはやんわり警告した。「あれは合意の上だろう。君は僕の唇に体を愛撫されるのが大好きで、それを隠すこともできないじゃないか」

ナタリーは脚と腕を組んで窓の外を見た。「私はだまされやすいのよ。男性に関して無知だから」

「へえ？　それならどうして同僚教師には体に触れさせないのかな？」

ナタリーがにらみつけたが、マックは無視した。「あなたは私が感化されやすい年ごろに現れたのよ。鴨《かも》の雛《ひな》の刷りこみについての話は覚えている？」

「君は鴨の雛じゃない」

「それでも私は刷りこまれたのよ」ナタリーはかっとなって言った。「十七歳で、一晩でほかの男性がものたりなくなってしまった。あなたはあんなにもろい状態の私に近づくべきじゃなかったのよ！」

「悲嘆に暮れる君を一人置いていくことはできなかった。それに、あの夜の君はたしかにもろかったかもしれないが、さして抗議もしなかったぞ」

「抗議する暇をくれなかったじゃないの。私も男性に関しては愚かだっただろうけど、あなたはじゅうぶん経験があったわ！　私はつけこまれたのよ！」

「カールのことは気の毒だが、君は彼にふさわしい相手じゃなかった。彼はもっと軽い女の子が好きだったし、大学を出るまで結婚する気もなかった。結局、君がつらい思いをしたんだよ」

「そうだとしても、あなたには関係ないでしょう」

マックは赤信号でとまって、ナタリーの目を見つめた。「知的なわりに、君は信じがたいほど世間知らずだな。カールがデートに誘ったのは、君に恋したからだと本気で思っていたのか？」

「そうよ。彼がそう言ったもの！」

「弟が君を誘えないほうに賭《か》けたからデートしたんだと、彼は友人たちに言っていたよ。続きはもっとあるが、言わないでおこう」

「カールの計画がどうしてあなたにわかるの？」

「彼の弟とボブが友達でね。それをかぎつけたボブが教えてくれたんだよ。だから僕はカールが君になにかする前に、彼と両親に話をしたんだ」

ナタリーはみじめだった。十七歳のとき、一カ月も死を悲しんだカールが、実は賭《かけ》で自分とデートしたのだと今わかった。彼は私を愛していなかった。ただの遊びだったのだ。ナタリーは窓に頭をもたれて涙をこらえた。私はほんとうに大ばかだわ。どうしてわからなかったのだろう？　もっと早くマックが教えてくれればよかったのに。

5

ナタリーの目に涙が光るのを見て、マックは顔をしかめた。「すまない。話すべきじゃなかったな」

ナタリーはバッグからティッシュを出して目をぬぐった。「いいえ、何年も前に話してくれるべきだったのよ。なんてばかだったのかしら、私！」

「君は世間知らずだった」マックはやさしく言った。「見たいものを見ていたのさ」

そのむっつりした顔を見て、ナタリーは彼が怒っているのに気づいた。ほかにカールはなにを弟に話したのだろうと思ったが、きくのはためらわれた。

マックはちらりとナタリーを見て、指でハンドルをたたいた。「君は十七歳で、彼との結婚を夢見ていたが、たぶん報われなかっただろうよ」

ほとんど言い訳するような口調だ。ナタリーは座席で向きを変え、正面からマックを見た。自分の見たくないものが見えていた。「あの夜……あなたがしたこと」彼女は言いよどんだ。「あれはわざとだったのね」

「ああ」マックは静かに認めた。「君に考えることを与えたかった。少なくとも、すでに体験したことと比較できるものを」顎がこわばった。「あれほど無垢《むく》だと気づいたときにはもう手遅れだったんだ」

「手遅れ？」

マックは曲がり角で速度を落としたが、そのきびしい表情を見て、ナタリーは言葉を抑えこんだ。数秒だが緊迫した沈黙が流れた。

「実際、刷りこみだったのかもしれないな。君には触れるべきじゃなかった。ああした事のなりゆきには君はあまりにも幼すぎたよ」

ナタリーは頬が紅潮するのを感じた。今日、そして夕食に招かれた夜に交わした情熱は、数年前のあの夜に劣らず爆発的だった。初めてマックに触れられたときのことを思い出すと、今でも体が熱くなる。

「私が責めていると思うの？」ようやくナタリーはきいたが、マックに目は向けなかった。

「僕は自分を責めているんだよ。あれ以来、君が世捨て人のような生活をしているから」

ナタリーは窓ガラスに顔を触れてほほえんだ。「あなたの行動についていけなかったのよ」

マックはハンドルを握り締めた。「君の行動にもさ」まるで絞り出すような声だ。思わずナタリーは彼の目を見つめ、心臓がとまりそうになった。

彼の心をじかにのぞき見たようで、瞬間的によぎったイメージ、二人の共有した思い出に、ナタリーは胸がうずいた。

「僕がボーイフレンドに警告したからって、まさか未経験だとは思いもしなかった。軽い愛撫《あいぶ》さえ経験していないと知って、ショックだったよ」

「男の人はいつもわかると言うけど、どうしてわかるの？」いらいらしてナタリーは尋ねた。

マックは視線を道路からそらすまいとした。「君の反応の仕方からだよ。慣れた女性はしてもらった分だけ相手に与えようとするものだが、君は僕のすることすべてに驚嘆し、うっとりしていた。おかげで僕は予想よりはるか前に夢中になってしまい、あの夜のことは何年も夢に見たよ」

「もしこれが告白合戦なら、私も夢に見たわ」ナタリーは彼を見ずに打ち明けた。

マックは顔をしかめた。「誘惑に負ける前に家に帰るべきだったな」

ナタリーは愛情をこめてマックの顔を見た。これまで彼のような人は知らなかった。たぶん、ほかにはいないだろう。あの夜以来、私の夢を彩り、私の世界となった人。

ナタリーが返事をしないでいると、マックはちらっと見て弱々しく笑った。「だからといって過去は変わらないし、なにも解決するわけじゃないがね。君は解放されていないし、僕は結婚する気がない」

「そうなの？　お父様のせいで、あなたは結婚に慎重になったのだと思っていたわ。みんなの話では、お父様とお母様はまったく合わなかったそうだし」

「みんなって、すなわちヴィヴィアンだな。あいつに母親の記憶はないよ」

「あなただってそうでしょう？」

「母は死んで父に四人の子供を残したが、父は一人でさえ育てる能力がなかった。そのプレッシャーから酒を飲みはじめ、いつしかやめられなくなったんだと思うよ」

その言葉でマックの顔がこわばった。おそらく父親との不幸な時期を思い出しているのだろう。

「マック、自分もお父さんに似ているなんて本気で思っているの？」ナタリーはそっと尋ねた。

「虐待された子は大人になってから虐待するそうだよ」うっかり答えて、マックは後悔した。

「そう言うわね。でも、どんなルールにも例外はあるわ。もしあなたが虐待する人なら、ヴィヴィアンやボブやチャールズは何年も前に学校のカウンセラー室に座っていたはずよ。その気なら、いつでも里親に引き取ってもらうこともできたんだもの」

「妹が派手な買い物をあきらめたはずはないさ」

ナタリーはマックの袖《そで》をそっとたたいた。「よして。ヴィヴィアンがあなたを愛していることはわかっているでしょう。ボブやチャールズも。あなたほど心根のやさしい人はいないもの」

マックの高い頬骨に赤みが差した。ナタリーを見ずに彼は言った。「お世辞かい？」

「事実よ」ナタリーは指でものうげに彼の袖を撫《な》でた。「あなたみたいな人はほかにいないわ」

マックがふいに肩を動かした。「やめてくれ」

ナタリーは手を引いた。「わかったわ。ごめんなさい」笑って受け流しながらも、顔は紅潮している。

「傷つくなよ」マックはちらりとナタリーを見て、いらだたしげに言った。「僕は君が欲しいんだ。悪乗りはしないでくれ」

ナタリーは大きく目を見開いた。

「まだわかっていないんだな。君に触れられると僕がどうなるか。この冷静な外見は見せかけなんだよ。君を見てあのドレス姿を思い浮かべるたびに、トラックをとめ……」マックは歯をくいしばった。「禁欲期間が長いんだ。これ以上悪化させないでくれ」

「グレナはどうなの？」ナタリーはなじった。

マックは一瞬ためらってから、なんとも言えない笑顔でナタリーを見た。「自分が壊さないものをグレナは修理できないんだよ」

ナタリーの眉が上がった。「私にはあなたが壊れているようには見えないけど」

「わかるだろう。グレナは美人で、ものわかりもいい。しかし、彼女は君じゃないのさ」

ナタリーの顔が輝いた。「かわいそうなグレナ」

「かわいそうなデイヴなにがし」マックはおどけた笑顔で言い返した。「どうやら彼と君の仲は、僕とグレナ同様、進展しそうにないな」

「みんな、彼はとてもハンサムだと言うわ」

「みんな、グレナはとても美人だと言うよ」

ナタリーは首を振ってから、腕を組んで窓の外を見た。とにかく話題を変えたかった。

「ヴィヴィアンはほとんど私に話しかけないの。ホイットが私になれなれしくするから妬《や》いているのよ。でも、どうして彼をとめたらいいかわからなくて。まるでわざとしているんじゃないかと思えるぐらいだわ」

「そうさ」マックは表情を変えずに言った。「昔ながらの駆け引きだが、有効な手だよ」

「わからないわ」

マックはメディシンリッジから数キロ離れたところでトラックをとめ、ナタリーを見た。

「彼はわざとつれなくして、妹に自分の気を引かせようとしているんだよ。必死のあまり、妹が自分の言いなりになるように」彼は怒りで目を細めた。「妹は金持ちだが、彼は違う。教師のわりに給料は悪くないが、調べさせたところでは、ギャンブルにずいぶん金を使っている」

ナタリーは唇を噛《か》んだ。「かわいそうなヴィヴ」

「結婚してもかわいそうさ。だから、彼には反対なんだよ。昔の女性とのトラブルが理由で嫌っているわけじゃない。彼は病的なギャンブル好きのうえ、それが問題だという自覚がないんだ」マックは心から心配そうな顔をした。「妹には話していないが」

「そしてあなたが話しても……」

「信じるはずないさ。僕が意地になっていると思って、よけいむきになるだろう。腹いせに彼と結婚するかもしれない」マックは肩をすくめた。「にっちもさっちも行かない状態だよ」

「私が彼をけしかけたほうがいいかもしれないわ」

「だめだ」

「でも、私なら――」

「だめだと言っただろう。僕のやり方でさせてくれ」

「わかったわ」あきらめてナタリーは言った。

「自分のしていることはわかっている」マックは本道に乗り入れた。「君は五時に準備していてくれ」

「かしこまりました、ボス」ナタリーは気取って言い、にらみつける彼ににやりとした。

ナタリーはやきもきして五時になるのを待っていた。着替えは四時にはすんでいる。髪につけたグリーンのラインストーンのヘアクリップがエメラルド色の目を引きたたせ、同色のベルベットのドレスをより優雅に見せている。リンカーンが前庭にとまり、マックがポーチに迎えに来ると、彼女は不器用な手つきで玄関の鍵《かぎ》をかけようとした。

その手をマックがつかみ、ぎゅっと握った。「今からあわてるなよ」やさしく叱《しか》った彼は、ディナージャケットにそろいのスラックスという優美ないでたちだ。白いシャツの胸にはひだ飾りがあり、黒のベストに黒のネクタイを結んでいる。正装姿の彼は最高だ。すると、同じことを彼もナタリーに思ったのか、ハイヒールから頭のてっぺんまでほれぼれと見て、にっこりした。

「あなたもすてきよ」ナタリーははにかんで言った。

マックはナタリーの指に指をからめた。「今夜は二人きりでなくてよかった」彼女と車に向かいながらつぶやいた。「そのドレス姿なら、彫像だって君に誘惑されるよ」

「あなたのために脱ぐ気はないわ」ナタリーは言った。「だってあなたは結婚する気がないんですもの」

「心変わりさせてみろよ」

その挑発にどきりとして、ナタリーは笑い声をあげた。「それがまず手初めね」

「今夜が手初めだよ」マックは助手席の横で足をとめて言った。「僕らの初デートだ、ナタリー」

ナタリーは頬を染めた。「そうね」

マックがドアを開けると、後部座席にいたヴィヴィアンとホイットがさっと離れ、ヴィヴィアンは甲高い声で笑いながら短い金髪をかきあげた。

「まあ、ナット！」前日電話してきたときとは打って変わって陽気な声だ。「とってもきれいよ」

「あなたこそ」ナタリーは言った。淡いブルーのシルクのドレスを着た友人は息をのむばかりの美しさだ。マック同様、ホイットも正装しているが、やはりどこかだらしなく見える。しかしヴィヴィアンは気づかず、まるで宝物を失うのを恐れるかのように彼の腕にしがみついている。

「黒のベルベットのドレスもあるけど、もっと動きやすいのが欲しかったの」ヴィヴィアンは言った。

「ベルベットはとてもいいわね」ナタリーがあいづちを打つ。

「それにとても高価だわ」ヴィヴィアンは言い添えた。まるでナタリーが代金を払っていないのを知っているかのような口ぶりだ。

「貧乏な大学生でもつけはきくのよ」ナタリーが珍しく鋭い口調で指摘した。

ヴィヴィアンは赤面した。「そうね。もちろん」

「みんなが裕福なわけじゃないんだよ、ヴィヴィアン」ホイットが冷ややかに言い添えた。

「君みたいに現金で買える人はいいが、僕ら庶民はつけですますしかないからね」

「あやまったでしょう」ヴィヴィアンは緊張して言った。

「そうかい？　そんなふうには聞こえなかったけど」そう言って、ホイットはさらに体を離す。

ヴィヴィアンは聞こえそうなほどきりきりと歯をくいしばり、イブニングバッグを握り締めた。

「なんのお芝居を見るの？」せっかくの晩をだいなしにしてはと、あわててナタリーがきいた。

「『毒薬と老嬢』さ」マックが言った。「ビリングズ・コミュニティカレッジの演劇クラスが上演するんだ。なかなかの評判だよ」

「メディシンリッジ・カレッジの演劇科も有名だよな、ナタリー？」ホイットがなれなれしく尋ねた。「僕も演劇を受講したが、聴衆の前に出ると、どうしても緊張してね」

「私もよ」ナタリーは同意した。「もっと度胸のある人でないとだめね」

「私は高校三年のとき、主役を演じたわ」ヴィヴィアンがつんとして言った。

「とてもすばらしかったわ」ナタリーは笑顔で応じた。「あのブレイク教授でさえ、あなたの演じたステラは絶賛していたもの」

「ステラ？」ホイットが尋ねた。

「テネシー・ウィリアムズの『欲望という名の電車』よ」ナタリーが教えた。

「僕の大好きな芝居の一つだよ」ホイットはヴィヴィアンのほうを見た。「その主役を演じたなんて、聞いてないぞ！」

ヴィヴィアンはぱっと顔を輝かせ、それからホイットに晴れの舞台の思い出話をした。前部座席に座ったナタリーとマックはおどけた笑みを交わした。運よくナタリーのひらめきでその晩は救われたのだ。


芝居はおもしろかった。役者は素人だが、演技はうまいし、聴衆は大笑いしていた。

その後、四人は遅い夕食をとりにナイトクラブへ行った。ナタリーとマックはステーキとサラダを注文し、ホイットとヴィヴィアンはメニューの一番高い料理を選んだ。

金曜日の夜は生バンドの演奏があり、狭いフロアでダンスを踊ることができる。ナタリーはデザートが終わるとすぐにマックの腕に抱かれていた。

「一日待ったかいがあったよ」マックはダンスフロアで体を密着させながら、ナタリーの耳元でささやいた。「やっぱりこのドレスの感触は最高だな」

ナタリーは体をすり寄せた。「どうして代金を払えたのとヴィヴにきかれるかと思ったわ」ため息をつき、目を閉じてほほえんだ。「ほんとうに買ってくれたりしなくてよかったのに」

「いや、買ってよかったよ」マックはターンして、さらにナタリーの体を引き寄せる。触れたとたん、彼の体が驚くほどの切迫感で反応するのを感じ、彼女はよろけてころびそうになった。

「ごめんなさい」ナタリーは声をふるわせた。

マックはただ笑った。悲しげで、いくらか愉快がっているような響きもある。「最近は、君といると必ずだよ。心配ない。誰も気づかないさ。ここには僕たち二人きりだから」

ナタリーは音楽に合わせて踊るほかの十数人の客に目をやって、笑い声をあげた。「そのようね」

「ただし大胆なことはするなよ」やさしくマックが釘《くぎ》を刺した。「努力しなくても、僕たちは郡中のスキャンダルになりうるからな」

ナタリーは彼の唇が額に触れるのを感じてほほえんだ。「そう思う?」

マックの片手がナタリーの後頭部にまわり、うなじや耳を官能的にさぐって彼女の全身をうずかせる。「事故の夜、僕がなんて言ったか覚えているかい?」

「いろいろ言ったもの」ナタリーははぐらかした。

「君が大人になったら、男に関して知る必要のあることをすべて教えてあげると言ったんだよ」マックの手がナタリーの腰にすべり、やさしく体を引き寄せる。「君はもう大人だ、ナット」

ナタリーは体をこわばらせた。「よして」彼の体の露骨な反応にとまどい、ささやいた。「悪いが、そうはいかないんだよ。冷水のシャワーを浴びればいいが、ここでは無理だし」頬が触れ合い、ナタリーの口の端にマックの唇が触れる。「最初に妹と教授を家で降ろそう」彼はささやいた。

ナタリーの鼓動が速くなる。「それから?」

マックの唇が耳たぶをなぞる。「あの夜したことをしよう。それがどんな気分か何年も夢に見たよ」

ナタリーは膝の力が抜けそうだった。「マック・キレイン、お願いだから、よしてくれる?」

「言葉で雪崩はとめられないよ」マックは荒々しい声でささやいた。「君は熱のように僕の中で燃えている。僕は食べることも、眠ることも、考えることもできない。なにをしても君が消えないからだ」

ナタリーは唾《つば》をのみこんだ。「ただのうずきよ。一度それを満足させたら、あとはどうなるの?」

マックはナタリーの目をのぞきこみ、歯をくいしばって言った。「満足させられないと思うよ」

ナタリーはヘッドライトに照らされた鹿《しか》のように立ちすくんで彼を見た。

「それに君はまだわかっていない」マックはなじるように言った。「キスをされ、触れられるのはうれしいが、欲望がどんなものかはわからないんだ」

ナタリーは目をそらした。「途中でやめるのはいつもあなたじゃない」声がかすれている。

マックはナタリーを抱く腕に力をこめ、いらだたしげに言った。「その必要があるからだよ。やめなかったらどうなるか、君はわかっていないんだ」

「私は二十二歳。もうすぐ二十三歳よ。小さな町でも、今どきこの年の女なら、男女関係のなんたるかはいちおう知っているわ」

「僕が言っているのは体の関係のことだよ。一度経験したらやめられない。病みつきになる」音楽がしだいに小さくなると、マックは苦しげに息を吸いこんだ。「危険なものだ。僕がベッドで君にするのは軽い愛撫なんかとはまったく違うものなんだよ」

内容だけでなく、その口調にナタリーは不安になった。彼女は顔をしかめてマックを見た。「わからないわ」

マックはうなった。「だろうね。それがまた、たまらないんだよ！」

「今のあなたはまともじゃないわ」ナタリーはつぶやいた。

マックはナタリーのウエストに添えた手に力をこめ、すばやく彼女を自分の高まった部分に押しつけた。そして彼女が頬を赤らめるのを眺め、意地悪い喜びを覚えた。「これがどんなにまともに感じられる？」

ナタリーは彼の苦痛に引きつった顔に目をやった。「まともじゃないわ。だけど、あなたは深く親密なことから私を守ろうとしているのよね。いつかは起こることだけど」

マックの顎がこわばった。「そうかもしれない。だが以前言ったように、僕は結婚する男じゃない。となると、気でも狂わない限り、僕は君をベッドに連れていくことはないということだよ、ナタリー」

「デイヴは違うわ」ナタリーはあざけった。「それにホイットもね」ヴィヴィアンのパートナーをちらりと見て、彼女は言った。ホイットはヴィヴィアンを見るのと同じくらい頻繁にナタリーを見ている。

マックは痛いほどきつくナタリーのウエストをつかみ、冷たく言い渡した。「彼とはかかわるな。妹は決して君を許さないぞ。僕も許さない」

「冗談よ」

「笑えないね」マックの顔は真剣だ。

「あなたはしょっちゅう私を子供扱いするわ」ナタリーは新たな欲求に火がついて非難した。向こう見ずで、抑制を解き放たれた気分だ。マックと密着した体がうずく。「そして自分のほうが経験があるくせに、私が誘惑していると非難するのよね」

マックはふいに体を離し、あとずさった。「君は僕には幼すぎるんだよ」

「六歳年下なだけよ。二十歳ではなく」

マックは目を細め、その目をきらめかせてナタリーを見た。「僕にどうしてほしいんだ?」

いつもながらマックはずばりと切りこんで、ナタリーが返事に窮するのを傲慢《ごうまん》に見守っている。

「友達でいてほしいわ」ひそかな欲望に折り合いをつけ、ようやくナタリーは言った。

「友達だよ」

「それなら問題はないわね?」

「君が勝手に感じたんだろう、問題を」

「マック!」

彼はナタリーの手をつかみ、テーブルへ引っ張っていった。「なんていう歌だったかな――一歩進んで二歩下がる? 最近の僕はそういう気分だよ」

ナタリーは激しい欲望と満たされない思いにいらだち、ホルモンをもてあそぶマックに怒りを覚えていた。顔が紅潮しているのがわかり、テーブルについても、ヴィヴィアンと目を合わすことができない。

「座らないで」すかさずホイットがナタリーの手首をつかんだ。「今度は僕の番だ」

彼はマックとヴィヴィアンを歯噛《はが》みさせてナタリーをフロアにいざなうと、スローダンスに合わせてぴったり体を抱き寄せた。

「その腕を払われたくなかったら、力をゆるめてちょうだい」ナタリーはどうにか怒りをこらえてホイットに言った。

彼はすぐに従って、にやりとした。「すまない。ヴィヴィアンのお兄さんがこうして君を抱いていたから。だが、彼は家族同然だものな？　ヴィヴィアンとは高校もいっしょに通っていたそうだね」

「ええ。ヴィヴィアンとは長い友達よ」

「彼女、君に嫉妬《しっと》しているんだ」

「おもしろいわね」ナタリーは笑いながら答えた。「ヴィヴィアンは美女中の美女。私はごく平凡な女なのに」

「そういう意味じゃないよ。ヴィヴィアンは君のやさしい心と知性に嫉妬しているんだ。どちらも彼女にはないものだから」

「自分の好きな女性をそんなふうに言うのはおかしいわ」ナタリーはたしなめた。

「もちろんヴィヴィアンは大好きだよ」ホイットは言った。「だが、ほかの多くの女性と同じで、わがままで、なんでも思いどおりになると思っている。きっと何年も、男にノーと言われたことはないんだろうな」

「誰も彼女にはノーと言わないと思うわ」ナタリーはにっこりして答えた。「ほかの点がどうであれ、美人でかわいらしいもの」

ホイットは肩をすくめた。「美人で金持ち。たいていの男はそれでじゅうぶんだと思うよ。君はいつから教壇に立つんだい？」

「試験に合格すれば秋からよ。卒業できなかったら、もう一年待たないと、このへんでは教職につけないの」

「遠くへ行けばいいじゃないか」ホイットは言った。「この間インターネットで調べてみたら、テキサス北部、とくにダラスでは、いくらでも教職の求人があったよ。僕はずっとテキサスに住みたいと思っていたんだ」

「そんなに家から離れた場所に住みたくないわ」

「だが、家はないんだろう？　君は幼いときに孤児になったとヴィヴィアンが言っていたよ」

「母はここで生まれたの」ナタリーは言った。「母の母も、そのまたお母さんも。私はこの土地に根ざしているのよ」

「それは安全なクッションにもなれば、罠《わな》にもなる。残りの人生をほんとうにこんな片田舎で過ごしたいと思うのかい？」

「ロサンゼルスから引っ越してきた人にしては妙な質問ね」ナタリーは指摘した。

ホイットは目をそらした。「ネヴァダだよ。出世競争にいやけがさして、静かな場所をさがしたんだ。だが、ここは静かすぎる。一年でじゅうぶんだよ」

「教職は好きなの?」

ホイットは顔をしかめた。「いや。ほんとうは大きなことをしたかったんだ。異国風の家を建てて大金を稼ぎたいという夢もあった。しかし、建築家になれなくてね。僕には才能がないそうだよ」

「残念ね」

「それで教師になったのさ」ホイットは冷笑を浮かべて言った。「しかも英語教師に」

「いい先生だってヴィヴは言っているわ」

「教師の稼ぎじゃまともなスーツも買えない。以前の暮らしや稼ぎを考えると、いやになるよ」

「教師になる前はなにをしていたの?」ナタリーは巧みにさぐりを入れた。

「不動産業だよ」ホイットは言ったが、彼女と目は合わせない。「実にもうかる商売だったな」

「モンタナで免許をとって、もう一度不動産業をすればいいじゃないの」

「今どきモンタナの土地を買いたいやつなんていないよ。ここじゃいい商売にならない」

「そうね」

音楽が終わると、ホイットはテーブルまでナタリーをエスコートしたが、マックとヴィヴィアンはかんかんだった。

ヴィヴィアンはすぐに立ちあがった。「今度は私の番よ」元気よく言ってほほえんだが、目は笑っていない。

「いいとも」ホイットは気軽に言うと、笑顔でヴィヴィアンをダンスフロアへいざなった。

「なにを話していたんだ?」マックは知りたがった。

「彼の以前の職業を聞き出そうとしていたの。ネヴァダで不動産業をしていたそうよ」ナタリーは警戒してヴィヴィアンとホイットをちらりと見た。今のところ、二人は自分たちの世界にひたっている。

「そして僕は歯の妖精《ようせい》だ」マックはぼんやり言った。

こらえきれずにナタリーは笑った。

「なんだよ?」

「ピンクのチュチュ姿のあなたを想像していたの」

マックは目を細めた。「それは君の払いだぞ」

「いいわ。白のチュチュね」

マックは首を振った。「そろそろ帰らないと。明日、町で早めの約束があるんだ」

「はい、ボス」そう言って、ナタリーはマックの怒った顔を無視した。

結局、マックは最初にナタリーを家へ送り、玄関までエスコートした。「面倒に巻きこまれるなよ。明日、食料雑貨店に会いに行くかもしれない」

「買い物はセイディがするんでしょう。あなたじゃなくて」

「僕だって買い物ぐらいするよ」マックはナタリーの晴れやかな顔をさぐった。「ほんとうは、妹たちを先に送りたかったんだけどな」

ナタリーはほほえんだ。「ありがとう」

「今はまだふさわしいときじゃない」マックはかがんで彼女の額にキスをした。「これは二人をごまかすためだ。兄がするようなキスなら大丈夫だろう」

「そうね」

マックは一瞬、ナタリーの口を見つめた。「次はぜったい君を最後に送るよ。じゃあ、おやすみ」

「おやすみなさい」

マックはウインクすると、調子はずれの口笛を吹きながら車に戻った。ナタリーは手を振ってから家に入った。もう一度キスしてほしかったけれど、彼は午後のキスでじゅうぶんだったのかもしれない。私はぜんぜんたりないけれど。こんなふうに感じるのは不本意だが、どうしようもない。これから二人の仲はどうなるのだろう？　でも、こんなふうに悩んでも苦しいばかりだ。ナタリーは顔を洗ってネグリジェに着替え、ベッドに入った。

そして朝までずっとマックの夢を見た。

6

その週のナタリーが早起きしなくていい朝、電話が鳴った。相手はマックで、心配そうな声だ。

「妹を」彼はいきなり言った。「今朝早く救急センターへ連れていった。インフルエンザで肺炎を併発したが、入院はいやだと言うんだ。僕は今から仕事でダラスへ行く予定で、飛行機の離陸時刻まで一時間半もない。弟たちは旅行中だし、悪いが、僕が帰るまで妹の看病をしてもらえないかな？」

「いいわよ」ナタリーは答えた。「いつ帰るの？」

「うまくいけば、夜中には帰れるはずだ。でなくても、朝一番には戻れると思う」

「明日の午後までアルバイトはないから、かまわないわ。処方箋《しょほうせん》は出たの？　薬局に薬はもらいに行った？」

「いや。まず連絡をと――」

「行きがけに私がもらっていくわ。あなたはもう出かけて。薬ができていれば、三十分で着けるから」

「妹を連れて帰る前に処方箋を置いてきたから、薬はもうできているはずだ。電話してクレジットカードナンバーを伝え、支払いをすませておくよ」

「ありがとう」

「こちらこそ」マックは言い添えた。

「妹はかなり具合が悪いから、たいして迷惑はかけないだろう。ああ、それと少々やっかいだが、ホイットが来ているんだ」

「それなら、ヴィヴィアンは励まされるわね」

「ああ、君が彼を見ない限りはね」

ナタリーは笑った。「それは大丈夫よ」

「君が彼を好いていないのはわかるが、妹は信じないだろう。ほかに頼める人がいれば、君をわずらわせはしないんだが。たとえ肺炎であっても、妹を彼と二人きりにしたくないんだ」

「かまわないわ。あなたこそ気をつけてね」

「飛行機に墜落などさせないよ」マックは忍び笑いをもらした。「僕にはどっさり仕事があるんだから」

「そうね。じゃあ、また」

「君も気をつけろよ。それとレインコートを着たほうがいいぞ。外はもうぱらついているから」

「あなたが着るなら、私も着るわ」

マックはふたたび忍び笑いをもらした。「わかった。君の勝ちだ。できるだけ早く戻るよ」

電話を切ると、ナタリーは牧場に出かけるために急いで荷造りをした。


ナタリーは、薬と冷たい飲み物と咳《せき》どめドロップを持ってヴィヴィアンの寝室へ入った。ヴィヴィアンはやつれて具合が悪そうだが、ナタリーがベッドに近づくと、弱々しい笑みを浮かべた。ホイットは不機嫌な顔でベッドわきの肘掛け椅子に座っている。しかしナタリーが目に入ると、ジーンズとグレーのセーターに粋《いき》なグレーと緑のスカーフをした姿に目を走らせ、笑顔で声をかけた。

「やあ、キュートだね」

ヴィヴィアンとナタリーは彼をにらみつけた。

「コーヒーをいれてくれない、ホイット？」ヴィヴィアンが怒った声で言った。「私、飲みたいの」

ホイットは椅子から立ちあがった。「いいよ。君は、ナット？」ごく自然な口調できく。

ナタリーは振り向いて彼の目を見つめた。「私をナットと呼ぶのはキレイン家の人だけよ。ほかの人にその愛称で呼ばれるのは我慢できないわ」

ホイットの頬が一瞬紅潮した。「すまない」引きつった声で笑いながら言った。「とにかくコーヒーをいれるよ。すぐに戻るから」

ヴィヴィアンは彼が去るのを眺めてから、友人に冷たい目を向けた。「あんな言い方をすることないのに。彼はただ礼儀正しくしただけじゃないの」

「礼儀正しく?」ナタリーの眉が上がった。

「兄があなたを呼んだのがいけないのよ。私はホイットだけでよかったのに」

ナタリーはじゃま者のようで、ばつが悪かった。「マックは看病する人が必要だと思ったのよ」

「看病じゃなくて、お目付役でしょう」ヴィヴィアンは腹立たしげに言った。「でも、そんなものいらないわ! ホイットがちゃんとしてくれるもの」

「それならいいわ」ナタリーは無理して笑顔を作った。「私は帰るから。これが薬と咳どめドロップ。ほかに必要なものはホイットが用意できるわよね。じゃましてごめんなさい」

ナタリーが涙ぐみながらドアへ向かうと、ヴィヴィアンは哀れっぽい声で呼びとめた。

「ああ、ナット、行かないで。ごめんなさい。わざわざ来てくれたうえ、薬までとりに行ってくれたのに、私ったらひどいことを言って。お願い、戻ってきて」

ナタリーはドアを開けていた。「でも、あなたにはホイットが……」

「お願い」ヴィヴィアンは懇願した。

ナタリーはドアを閉めてベッドわきの肘掛け椅子に座ったが、その目は傷つき、非難めいた表情も浮かんでいる。

「ねえ、ホイットは私に好意など持っていないわ。あなたに嫉妬《しっと》させたくて、気のあるそぶりをしているだけよ。わかるでしょう？　美人でもないし、お金もない私に、どんな魅力があるというの？」

「言い換えれば、私がお金持ちでなければ、彼は私に好意など持たないということよね？」

「あなたは美人だとも言ったでしょう。具合が悪いのはわかるけど、あなたの態度は理不尽だわ。私たちずっと友達でしょう。最近のあなたは人が変わったようで、理解できないわ」

ヴィヴィアンは枕《まくら》にもたれた。「だって彼はあなたがいないときでもあなたの話をするのよ」

「変に勘ぐらないでちょうだい」ナタリーは憤慨して言った。「彼は不適切なことをしたことも言ったことも一度もないわ」

「彼はハンサムだもの」ヴィヴィアンはくいさがる。

「あなたもきれいだわ」ナタリーは言った。「だけど、今は病気だし、そんなふうにいきりたつ必要はないわ。私はマックにあなたの世話をするよう頼まれたの。だから、そうするつもりよ」

ヴィヴィアンは熱っぽい目でナタリーを見た。「グレナも兄といっしょにダラスに行くことは知っていたの？」明らかに毒のある口調だ。

ナタリーは必死で反応をこらえ、なにげない口調で尋ねた。「どうして？」

「知らないわよ。グレナもあちらに用事があるんじゃないかしら。とにかく、今夜は二人とも戻らないと思うわ。そう思わない？」

ナタリーはヴィヴィアンをにらみつけた。「あなたってほんとうに子供ね」

ヴィヴィアンは赤面した。「ええ、そうかもね。兄は私や弟たちを妻の負担にしたくないと言っていたわ。自分だけでなく、私たちの世話まで期待するのは不公平だって。ぜったいグレナはそんなことしないけど。私を嫌っているから」

「マックはあなたたち三人を愛しているのよ」ヴィヴィアンの言葉に動揺しながらも、ナタリーは言った。

「でも、父親じゃないわ。弟たちは今高校生で、卒業したら、ボブは陸軍に、チャールズはハーバード大学で法律を勉強したいと言っているわ。つまり二人とも家を出るし、私が望みどおりホイットと結婚すれば、兄は家を独り占めよ」ヴィヴィアンの声はぶっきらぼうで、ナタリーと目は合わさない。「兄にプロポーズされたら、結婚するの？」

「それはないわ」ナタリーは静かに言った。「ほんとうにそう思うの？」

「ええ、ほんとうよ。マックは自己充足していて、束縛を望んでいないの。結婚は自分には向かないとしょっちゅう言っているわ。グレナとの関係も続くかもしれないわね」心の痛みを隠して、ナタリーは言い添えた。「二人とも縛られない関係が好きだから」

「そうかもしれないわね」ヴィヴィアンは興味深げにまじまじと友人を見た。「でも、兄はとてもあなたを大事にしているわ」

ナタリーは目をそらした。「それはそうよ。彼にとって私は二人目の妹みたいなものですもの」

ヴィヴィアンが顔をしかめ、無言のまま激しく咳《せ》きこみはじめた。ナタリーはティッシュを渡すと、苦しくないように枕を胸にあてがって、ヴィヴィアンが体を起こすのを助けた。

「楽になった？」発作がおさまると、ナタリーはやさしく声をかけた。

「ええ。このやり方はどこで覚えたの？」

「孤児院よ。寮母さんの一人がよく肺炎にかかって。その人が教えてくれたの」

ヴィヴィアンは視線を落とした。たまに嫉妬心から、ナタリーが自分たちと出会うまでいかに不幸な生活を送っていたか忘れることがある。彼女の兄への思いも知っているのに、友達になって以来ずっとよくしてきてくれた女性にどうして突然意地悪をしたくなるのだろう。ホイットがナタリーのほうを気にいっているらしいことがねたましく、親友に怒りを覚えずにいられない。ヴィヴィアンは困惑と嫉妬心で、耐えがたいほどみじめだった。ホイットが本気でナタリーに言い寄ったら、私はなにをするだろう。きっととんでもないことをして、ナタリーとの長年の友情を終わらせてしまうに違いない。

緊張したやり取りののちは、だらだらと時間が過ぎた。ナタリーは居間の片づけなどをして、なるべくヴィヴィアンの寝室にいないようにした。ホイットがときおり足をとめて、なれなれしくしようとするが、ナタリーはヴィヴィアンの状態を思い出させ、どうにか彼を遠ざけた。ホイットにはいらいらするし、ヴィヴィアンは刻一刻と耐えがたくなっていく。

八時になると、ナタリーはもう逃げ出さずにいるのが精いっぱいだった。ホイットはまだいるし、この十五分ほどはナタリーのところへ来てばかりだ。思いがけなくマックが入ってきたときには、彼女は彼にくってかかる寸前だった。

マックはもの問いたげな目つきでナタリーとホイットを見た。二人は接近して立っていて、ホイットがナタリーにかがみこんでいる。まるでマックを見て、なにかをやめたところのようだ。目は怒りに燃えている。

「もう一杯コーヒーをいれてくれない、ホイット？」あわててナタリーが言った。

「戻ったらすぐにね」ホイットは約束した。「コンビニエンスストアまで行って、たばこを買ってくるよ。吸いたくてもう死にそうなんだ」

「わかったわ」ナタリーは言った。

マックは無言のまま、怒りをこらえてホイットが出ていくのを眺めた。しかしレインコートを脱ぐと、それを受け取ってラックにかけるナタリーにほほえみかけた。

「ずっと降っていたの？」ナタリーが尋ねた。「まあね。ヴィヴは？」

「いい子にしているわ」

「よかった」マックはナタリーの手をつかみ、書斎に引っ張っていってドアを閉めた。「書類を整理する間、座って待っていてくれ。そのあと二階にヴィヴのようすを見に行こう」

「ホイットが戻ったとき、私たちがどこにいるかわからないわ」

マックは眉を上げた。「ここは僕の家だ」

「それはそうね」ナタリーは大きな机をはさんでマックと向かい合った椅子に座り、彼がブリーフケースの書類を出してファイルに分類するのを眺めた。

彼の手を眺めているうちに、カールが事故死した夜のことがナタリーの脳裏によみがえった。

嵐《あらし》の夜で、ナタリーが叔母のミズ・バーンズと暮らす家の内も外も稲妻に照らされていた。その日はナタリーの十七歳の誕生日だったが、彼女は家で一人、初恋の青年の死を嘆き、涙に暮れていた。週末のキャンプ旅行からの帰途、カールが事故死したことは深夜のニュースで報じられた。同乗していたいとこは助かったが、シートベルトをしていなかったカールは即死だった。豪雨の中、スピードの出しすぎによる単独事故だった。ナタリーはニュースで知る前に、学校の友人からの電話で悲報を知らされていた。

カール・バークリーは高校のフットボールチームの花形クォーターバックだった。交際していたナタリーはクリスマスのダンスパーティにエスコートされ、三年生の女子生徒から羨望《せんぼう》の目で見られた。卒業式のダンスパーティにも連れ立って行く予定だった。ハンサムで金髪碧眼《へきがん》のカールは、クラブの会長や生徒会の副会長を務めたうえ、物理の優等生として、卒業後はマサチューセッツ工科大学への進学が決まっていた。そのカールが十八歳で死んだ。ナタリーは涙がとまらなかった。

こんなときには慰めてくれる家族が欲しいものだ。高校二年生のナタリーを家に引き取り、卒業後は地元のコミュニティカレッジに通わせてくれる予定のミズ・バーンズは、週末で出かけていた。帰りは翌朝だ。もちろん、親友のヴィヴィアン・キレインはいたが、彼女もカールとは友達で、ショックで車を運転できる状態ではなかった。ナタリーとヴィヴィアンが唯一した喧嘩《けんか》はカールが原因だった。彼が最初に付き合いはじめたのがヴィヴィアンだったからだ。しかし彼女とは一度デートしたきりで、彼は英語の授業でナタリーといっしょになり、二人は一目で恋に落ちた。それをヴィヴィアンは、ナタリーが自分の恋人を誘惑したのだと勝手に決めつけたのだ。そんなことはぜんぜんなかったのに。

雷で家がゆれる。雷鳴がやんで初めてナタリーは玄関のドアをノックする音に気づいた。細い肩ひものついたピンクの薄いサテンのネグリジェにそろいのローブをはおり、彼女は誰が来たのか見に行った。

レインコートにカウボーイハットをかぶった長身でやせた男性が彼女を見つめた。「ヴィヴィアンから、叔母さんが留守で君一人だと聞いて」マック・キレインは静かに言い、涙に濡《ぬ》れた青白い顔を眺めた。「ボーイフレンドのことは気の毒だった」

ナタリーが無言で両腕を上げると、マックは彼女を抱きあげ、家に入ってから足でドアを閉めた。そのまま廊下を進み、開いていたドアから寝室に入ると、ふたたび足でドアを閉め、彼女をやさしくベッドわきの安楽椅子に座らせた。

マックはレインコートを脱いで窓辺の背もたれのまっすぐな椅子にかけ、その上に帽子を置いた。ナタリーは涙を透かして、彼が仕事着姿なのを認めた。革のオーバーズボンにブーツに拍車。彼は着替える間もなく駆けつけてくれたのだ。青いチェックの長袖《ながそで》シャツは胸が半分はだけ、濃い縮れ毛が見える。

彼は数秒間ナタリーを見つめた。目は泣き腫《は》らし、紅潮した頬のほか、卵形の顔は青ざめている。

「お別れも言えなかったわ、マック」ナタリーはかすれた声でつぶやいた。

「みんなそうさ」マックはかがんでナタリーを抱きあげ、自分の膝の上に座らせた。そして強く温かな体に抱き寄せられると、ナタリーは新たにこみあげる涙をこらえながら彼にしがみついた。

ナタリーはずっとマックが少しこわかったが、顔には出さないようにしていた。あの夜のあと、彼が牛に顔を突かれたときも、看病したのはナタリーだった。妹のヴィヴィアンは、怪我《けが》人や病人相手だと自分が参ってしまってなにもできないし、ボブとチャールズは兄を恐れていたからだ。彼が片目ではなく、両目失明の危機にあることを知ったナタリーは、彼がくじけないよう何度も叱咤《しった》激励した。医者が片目を救おうと尽力した一週間はずっと学校を休み、退院の日まで昼夜つきっきりで看病した。

その後も、マックを安静にさせておくのに家族が苦労しているだろうと思い、毎日家に寄ってようすを見た。案の定、弟たちは彼を避けてまわり、ヴィヴィアンはただほったらかしにしている。どうにか彼に医者の指示を守らせたのはナタリーだった。兄が彼女の言いなりになるのを見て、弟妹たちは驚き、また愉快がった。命令者で誰の指示も受けないマックがナタリーの言うことだけは聞いたのだ。

「卒業ダンスパーティもいっしょに行く予定だったのよ」ナタリーはかすれた声で言い、手の甲で涙をぬぐった。「どんなドレスを着て、髪型はどうしようと今朝考えていたのに……死んでしまうなんて」

「人は死ぬんだよ、ナット」マックは深く静かな声で慰めた。「それでも彼のことは残念だが」

「カールとは知り合いじゃないでしょう?」

「一、二回話したことはあるよ」彼は努めてさりげなく言った。

「とてもハンサムだったわ」ナタリーはため息をついた。「頭がよくて、勇敢で、誰からも好かれていたわ」

「そうだな」

ナタリーはもっと楽な姿勢になろうとマックの膝の上で動いた。そのとき、手が偶然シャツの中に入り、濃い縮れ毛に触れた。すると彼の体が緊張し、ナタリーはどうしてだろうと思った。ほかにも気づいたことはある。マックは馬と石鹸《せっけん》と革のにおいがし、鼻のすぐ上に吐き出される息はコーヒーの香りがした。ナタリーのローブははだけ、ネグリジェの細い肩ひもはすべり落ちていた。片方の胸のふくらみがマックの胸に押しつけられ、胸の先端のすぐ上に温かな筋肉とごわごわした毛が感じられる。なにか体が妙な感じだ。ナタリーはネグリジェを脱ぎ、もっとその身をすり寄せて、肌と肌を触れ合わせたかった。情熱的に彼に抱きしめられたかった。そんな自分の渇望にショックを受け、彼女は顔をしかめた。

「まだ仕事着なのね」少し緊張してナタリーは言った。「どうして?」気分同様、妙な声だ。

「柵《さく》が壊れて牛が道路に出ているという電話が保安官からあった。牛を追い戻して柵を直すのに二時間かかって、それで来るのがこんなに遅れたんだ。暗くなってからヴィヴィアンが携帯電話に連絡していたんだが、僕はトラックの外にいたから」

「トラックにすえつけのだけでなく、持ち歩きできる電話はないの?」ナタリーは思わず声に出した。

マックはくすりと笑った。「家で再充電中だ」

ナタリーは眠そうにほほえんだ。「来てくれてありがとう。そんな大変なことのあとで、いやだったでしょうに」

「君をここに一人きりにはできないよ。妹はとても来られる状態じゃないし」マックはナタリーの髪を撫《な》でた。「あいつは君にカールをとられたと思っている。だが、そういうやつなんだ」

「わかっているわ」ナタリーはため息をついた。「あれだけの美人だもの、男の子がみな自分を欲しがると思うのは当然だわ。たいていの男の子はそうだし」

「あいつは甘やかされているんだよ」マックが応じた。「ボブとチャールズにはきびしくしたが、家族でただ一人の女の子のヴィヴィアンはかなり大目に見てきた。それが間違いだったんだろう」

「人を大事にするのは間違いじゃないわ」

「まあね」マックはナタリーの髪に指をからめた。「なにか飲むかい？」

「いいえ、いいわ」ナタリーが思わず胸毛に触れた指を広げると、マックははっと息を吸いこんだ。

ふたたびマックの体が緊張した。カールとキスしたことはあるが、ナタリーは関係が進まないように気をつけてきた。不思議なことに、カールをとてもいとしく思いながらも、花形フットボール選手である彼に強い肉体的魅力は感じなかった。ところがマックといると、かつて覚えのない感覚がこみあげてくる。よくわからないが、妙な場所が熱く腫れあがったような気がするのだ。自分を抱く男性が急に緊張したのも彼女には不思議だった。マックはなにも言わないが、彼の心拍数が増して呼吸が荒くなったのがわかる。

ナタリーが好奇心に駆られて顔を上げると、マックと目が合った。細めた目はまばたきもせず、どこかこわいほどだ。彼女が見ているのもかまわず、彼の視線はローブがはだけ、自分の胸に押しつけられた胸のふくらみがのぞいている部分に向かった。

　思わずナタリーはマックの視線を追い、今まで気づかなかったことを認めた。ネグリジェが大きくずれて、胸の先が胸毛に押しつけられていたのだ。

　マックはびっくりしたナタリーの目をのぞき、あけすけに尋ねた。「ボーイフレンドとこういうことはしなかったのか?」

「ええ」ナタリーは声をふるわせた。「なぜ? 好きだったんだろう?」

　ナタリーは不安になって顔をしかめた。しだいに考えるのが困難になっている。「彼とはこういう気分にならなかったの」小声で告白した。

　マックの表情が変わった。ナタリーの顔を自分のほうへ向けて、腕にかかえると、体をずらして片方の胸のふくらみを完全にネグリジェの身ごろからあらわにして、素肌をぎゅっと自分の胸に押しつけた。

　ナタリーはあえいだ。爪を彼の胸にくいこませ、ショックと喜びで唇を開いた。思わず体を弓なりにして、さらに胸を彼の肌に押しつける。

　マックの体がこわばり、かすかなふるえが走った。

　彼は顎を引き締め、欲求と闘っている。ナタリーは彼が彼女を素肌で感じたいのだとわかった。そして自分も同じ気持ちだった。今はもう事の善悪も品位も忘れていた。窓の外の雨音と自分たちの息づかいしか聞こえないこの静かな部屋で、たがいに与える喜びしか頭にはなかった。

「こんなことをしている僕も、僕にさせている君も、ばちあたりだな」マックが歯をくいしばって言った。しかしそう言いながらも、空いているほうの手はローブとネグリジェを腰のくびれまで脱がせている。むきだしになった胸を見ると、彼はふいに腕に力をこめ、熱く抱擁して自分の胸に引き寄せた。

ナタリーはうめき声をあげて、爪を彼の腕にくいこませた。マックは彼女をきつく抱いて耳元の髪に顔をうずめ、うずく欲望に体をゆすった。

今やマックは両腕でナタリーを抱いていた。彼女も両腕を彼の首に巻きつけた。息をつくこともできず、初めて知る強烈な欲望に身をふるわせる。

抱擁は情熱的だった。欲求が脈打つような緊迫した沈黙の中で、二人は抱き合った。ナタリーはマックのうなじの髪に指をからませ、目を閉じて身をまかせた。抱擁がますます親密になっていっても、こわくも恥ずかしくもなかった。

マックは自分の体がみるみるこわばっていくのを感じた。これ以上密着したら、ナタリーも気づくだろう。それはいやだった。そこまで親密になるのはまだ数年早い。考えるのもやっとの状態だが、どうにか働いている脳の一部が危険信号を発している。ナタリーはやっと十七歳になったばかり。自分は二十三歳だ。世間知らずなナタリーは今起こっていることがわかっていないが、自分は違う。こんなふうに彼女につけこむわけにはいかない。できるうちに体を離し、やめなければ。

突然、マックはナタリーを抱いたまま立ちあがった。よろける彼女を目の前に立たせ、こわばった顔で一瞬、むきだしの乳房に目をやった。それからネグリジェの肩ひもを肩に戻し、ローブをきちんと着せると、きびきびした動きでひもを結んだ。

ナタリーは親密な抱擁とその唐突な終わりに呆然《ぼうぜん》とし、よく考えられなかった。「なぜやめたの？　私がなにかいけないことをしたの？」

マックの表情をさぐる淡い緑の瞳を見て、彼の心はうずいた。ナタリーの腰をつかんでゆっくり深呼吸してから、彼は口を開いた。「孤児院では性教育をしなかったのか？」あけすけに彼は尋ねた。

ナタリーの顔が真っ赤になった。目はまんまるに見開かれている。

マックは首を振った。彼女は恐ろしく世間知らずだ。六歳どころか一世代離れている気がする。

「男はなにかしないと満足できないんだ」彼はやさしく言った。「見るだけではたりないんだよ」

ナタリーは恥じらいつつも目は伏せなかった。「カールとはここまでできなかったわ」なんとなくうしろめたさを覚えながら言った。「キスするのは楽しかったけれど、それ以外のことはされたくなかった。彼がそうしようとしたときはいやだったわ」

マックは全身がうずき、思わずナタリーの肩をきつく握った。「君はまだ十七歳だ。カールが特別な相手だったことはわかるが、君はまだ誰とも体の関係を結ぶ年になっていないんだよ」

「私を産んだとき、母は十八歳だったわ」

「お母さんのころとは世界が違うよ。それに純潔にしても、君はひどく奥手だからな」

「あなたは違ったの？　私の年のときには？」

マックは口をすぼめてナタリーの顔を見た。「君の年には初体験を終えていた。相手は二歳年上の女性で、メディシンリッジのような町ではかなり経験豊富な人だった。彼女が教えてくれたんだ」

ナタリーは心臓が早鐘を打つのを感じた。彼が未経験だとは思わなかったが、これほどあからさまに性体験の話をされるのはショックだった。

マックの指がそっとナタリーの頬に触れた。「そして君がじゅうぶん大人になったら」彼は愛撫《あいぶ》するような妙な口調で言った。「僕が教えてあげるよ」

薄暗い書斎でマックを見ながら、過去の衝撃的な言葉が脳裏に響いた。〝僕が教えてあげるよ。僕が教えてあげるよ〟

ナタリーが過去を追体験している間に、マックは椅子から立って机をまわっていた。今はジャケットとネクタイをとって、机にもたれ、腕を組んでナタリーを見ている。

かり」
「ああ」彼女はまばたきして言った。「ごめんなさい。もの思いにふけっていたの。すっ

ナタリーはそっと笑い声をあげたが、マックはにこりともしない。「ここへ来て、ナット」

ナタリーはドアまでの距離をはかってから、自分の意気地のなさを心の中で笑った。この男性には何年も前から憧《あこが》れてきて、ほかの人に触れられるなんて想像できないほどだ。それに以前、彼があけすけに話した衝動はグレナに満足させてもらっているだろう。彼は思いがけなくホイットが帰ってきた場合、立ち聞きされたくないから近寄れと言ったのだ。
自嘲《じちょう》の笑みを浮かべて、ナタリーは四、五十センチの距離まで行き、足をとめてマックを見た。

彼の視線がナタリーを包んだ。平底のモカシンから薄いセーターに突き出る胸まで。上の二つのボタンははずれ、かすかに胸の谷間がのぞいている。
「あまりヴィヴをほうっておくといけないわ」

ナタリーが言いかけるのを無視し、マックは広げた指を彼女の頬に触れて、視線を唇に落とした。「あいつは待ってるよ」静かに応じると、親指で急に彼女の唇を乱暴になぞり、欲望にうずかせた。彼はいいほうの目を細めた。「ドアに鍵《かぎ》をかけるんだ」カールが死んだ夜以来の口調で言った。

ナタリーは指図されるのはいやだったが、なぜか素直に踵《きびす》を返し、ドアを閉めた。欲望で体がふるえそうだ。ほてった額を冷たい木のドアに押しつけると、喉の奥で息が引っかかるのが聞こえる。

マックが近づいてくるのは聞こえなかった。厚い絨毯《じゅうたん》で足音がかき消されたからだ。しかし背中に気配を感じ、力強い体のぬくもりを感じると、彼の両腕がわきを通ってドアに伸びた。彼は徐々に身を寄せ、肩から腿まで密着させた。するとたちまち彼の体が変化し、うぶなナタリーでもその変化が始終起こるものでないことはわかった。

「これでわかっただろう？　どうしてあの夜、僕が急に君を押しのけたか？」彼は静かにきいた。

ナタリーは唾《つば》をのみこんだ。体は無意識に彼の欲求に応《こた》え、うしろにそっている。「ええ、わかるわ」

マックは両手を彼女の腹部にまわし、さらに引き寄せた。

「あのときもこんな感じだったの？」

「ああ」両手をナタリーの胸まで上げて、マックはためらった。「若いうちはそれなりの経験をしたが、最近はセックスを軽く考えられなくなった。欲求はつのる一方だ。君はうぶで好奇心が強く、僕は自制心を失うところだった。とくにあんな状況だったし、あのときは欲望を悟られるのがいやだった」

「私は今もうぶよ」振り返らずにナタリーは言った。

「そして好奇心も強い」マックは両手をナタリーの胸に添え、愛情深く抱きしめた。「だが今夜、君の好奇心を満足させてあげるよ。完全に」そして彼はナタリーを振り向かせた。

7

ナタリーはマックの表情を見て息をのんだ。暗い片目に浮かぶむきだしの欲望がこわいほどだ。

マックは両手で彼女の顔をはさみ、目をさぐった。「こわがらないで。決して傷つけはしないから」

「わかってるわ」ナタリーは心配そうにじっと彼の顔を見る。「でも、私——」

マックの唇が言葉をさえぎった。ナタリーの顔にあてた両手が喉から肩へ下り、半袖《はんそで》のセーターから露出した肌を愛撫《あいぶ》する。ゆっくり、やさしく、官能的に。まるでスローモーションのダンスのようだ。

マックが体を寄せると背中にドアがあたり、ナタリーは固い木と彼にはさまれる格好になった。ものうげな動作でそっと片脚がナタリーの脚の間に差し入れられ、キスと同じくらい興奮をつのらせる。

ナタリーがあえぐとマックは口を離し、彼女を見た。「これはまったく自然なことなんだ。抵抗しないで」彼は静かに言った。

ナタリーの目は見開かれ、自分の激しい欲望に幾分おびえた表情だ。「グレナと……出かけたのね」

「彼女も飛行機に乗ったが、僕といっしょじゃない」マックは唇でナタリーのまぶたをなぞり、閉じさせた。そして両手で胸を愛撫しはじめた。

脚から力が抜けるのをナタリーは感じた。こんな抱擁は初めてだ。今のマックは彼女を自分のもの、かけがえのない大切なもののように扱っている。

マックが顔を上げると、ナタリーは目を開いた。その目は渇望と喜びで見開かれ、驚きがあふれている。気持ちがそのまま表れていた。

マックは静かに彼女の目をさぐり、口元をほころばせた。「その表情をずっと待っていたんだ。何年も」

彼がふたたび身をかがめると、今度はナタリーのほうから両腕を彼の首に巻きつけた。二人はきつく抱き合いながらキスし、高まっていくその力を感じた。ナタリーはうめき声をもらしても、体を離そうとはしない。無意識にさらに体を押しつけた。

やがてマックはふるえたかと思うと、突然ナタリーをかかえあげて高まった部分に押しつけ、ゆっくり官能的なリズムで動いた。思わずナタリーは身をふるわせ、キスをしたままあえいだ。

「スイートハート！」荒々しく彼はささやいた。

キスはさらに激しくなった。ナタリーはマックが動き、完全に床から抱きあげられるのを感じた。彼は革張りのソファまで行って、ナタリーを横たえると、無言でおおいかぶさった。

マックは激しく興奮している。その瞬間、ナタリーはたまらなく彼が欲しくなった。腰を押しつけられ、急に切迫して熱っぽい雰囲気になっても、彼の導くままについていった。たとえ生死がかかっていても、彼を押しのけることはできなかっただろう。おそらく彼も同じ気持ちだ。両腕できつく彼女を抱きしめながら、体を密着させて動きはじめた。

動くたびに押し寄せる快感にナタリーは打ちふるえた。そしてマックが顔を上げて自分を見ると、目を開けて、暗く情熱的な瞳を見つめ返した。

マックはナタリーの頭のわきに両手をついて慎重に動きながら、ナタリーが自分に合わせて体を持ちあげ、二人が触れ合う感触にはっとあえぐのを眺めた。ナタリーの爪が腕にくいこむが、彼女は抵抗しているわけではない。熱く燃えた体は革のソファにとけこむようでありながら、空高く舞いあがるようでもある。

苦しいまでの愛撫で、ほとんど引き返せそうにないところまで進んでから、マックは自分のしていることに気づいた。彼はナタリーの腰をつかみ、彼女の体を自分の上にのせると、胸に彼女の頬を押しつけ、必死で呼吸しながら自制しようとした。

「いや！」ナタリーはむせぶように言って、ふたたび親密な抱擁に戻ろうとする。

それをマックは両手で制した。ナタリーの額にかかる彼の息は熱くふるえ、その音が静かな書斎に響くほどだ。「だめだ」彼は歯をくいしばって言った。「動かないで。頼むからよせ！」

ナタリーは熱く飢えた口を彼のシャツに押しつけた。「続けたいわ」

「僕が続けたくないと思うのか？」マックはかすれた声で切り返した。両手はナタリーをじっとさせるので痛いほどだ。「狂おしいほど君が欲しいよ。だが、こんなふうにじゃないんだ、ナタリー！」

彼は私が欲望に流されるのを救おうとしてくれているのだ、とようやくナタリーは気づいた。初めて知る情熱に全身が燃えあがっている瞬間はそうは思わなかったが、徐々にふるえはおさまり、呼吸もだいぶ正常になってきた。

マックはナタリーの頬を胸に押しつけたまま、両手で髪を撫《な》でて、うなじで束ねた。

「どうして？」話せるようになると、ナタリーはみじめな声でささやいた。

「結婚できないからだよ。結婚しなければ、君は僕とベッドをともにすることに耐えられないだろう」

夢がかすみと消え、部屋に焦点が合うと、ソファで自分たちがどれほど親密な姿勢をしていたか、ナタリーは気づいた。もし彼がやめなかったら、もう結ばれていただろう。私は抗議さえしなかったのに、マックにはやめる理性があった。

私の自制心も節操もこの程度のものだわ。ナタリーは悲しく思った。体に勝手な意思があるようで、頭はそれを抑えられない。

涙があふれ、知らないうちに、頬の下のマックのシャツを濡《ぬ》らしていた。

マックがナタリーの髪に手を差し入れた。「泣いてどうにかなるものなら、僕も泣きたいよ」

ナタリーは拳《こぶし》で彼の肩をたたいた。「よくもこんなことができるわね?」

「君こそ」マックは言い返した。「君は僕の結婚観を知っている。これまで何度も言ってきただろう」

「あなたが始めたのよ」

マックはため息をついた。「ああ、そうだ。いっしょにナイトクラブへ行って以来、このことしか頭になかった。こんな無軌道な行動は久しぶりだよ。一度火がついたものはなかなか消せなくてね」

ナタリーが試しに動くと、マックが両手の力を抜いたので、彼女は長いソファに並んで横になり、彼の肩に頬をのせて静かに彼を見た。マックの顔は少し紅潮し、唇は激しいキスのために腫《は》れている。シャツの襟元ははだけ、髪は乱れている。まるで愛し合ったあとのようだ。たぶん自分もそうなのだろうと思ったが、ナタリーはどうでもよかった。

「君は町を出たほうがいい」マックは苦笑いを浮かべて言った。「絶滅危惧種《きぐ》のリストに載ったから」

ナタリーがシャツの上に指を広げたが、マックがそれをつかんでやめさせた。「よすんだ。どうにかレイプ寸前で踏みとどまっているんだから」

「わくわくするわ」ナタリーはつぶやいた。

「最初の数分はそうは思わないぞ」マックは疑わしげに言った。「それに最終的に楽しめても、君は良心の呵責《かしゃく》に耐えられないだろう」

ナタリーは顔をしかめた。「そうね。私は生まれつき情事には向いていないから」

「そして僕は幸せな結婚生活には向いていない」マックはナタリーを見ずに言った。

「家族が原因?」ナタリーは尋ねた。

マックは大きく息を吸いこんだ。ナタリーの手の下で胸が波打つのが感じられる。「リストは作れるが、そんなことをしても、なにも変わらないよ」彼女のうっとりした顔を見て、彼は顔をこわばらせた。「それでも、一度だけ君を抱きたいな」

ナタリーはかすかな笑みを浮かべた。「がっかりするかもしれないわよ」

マックはものうげに指先で彼女の唇をなぞった。「君もね」

「それならちょうどよかったじゃない?」

「そうだな」

ナタリーはマックの肩に寄り添って目を閉じた。「かなわぬ恋の詩はないのかしら?」

「いくらでもあるよ」

マックの手が慰めるように髪を撫でるのを感じ、ナタリーはほほえんだ。「いい気持ち」

「君もいい感触だよ。こんなふうに並んで寄り添うのは」マックはささやき、そっと閉じたまぶたに口づけした。「事故の夜もこうだった。君を抱いて慰めながら、痛いほど君が欲しくてたまらなかった」

「でも、私は十七歳だった」

「そう、君は十七歳だった」マックはナタリーの額にキスをして立ちあがった。「今もそんなに変わってないが」そう言い添えて、彼女を助け起こした。

「あのときより年をとったわ」ナタリーは指摘した。

マックは笑い、その声がうつろに響いた。「君が現代的な女性なら、問題は少ないのにな」

「でも、私は現代的じゃない」ナタリーは悲しそうに言った。「それがすべてを語っているのよね」

ドアが開いて閉まる音がし、マックは閉じた書斎のドアをちらりと見た。「恋する男のお帰りだ」彼はきらりと目を輝かせてナタリーを見た。「彼が君につきまとうのは不快だな」

の？」

「私を好きなのよ」ナタリーは無頓着《むとんちゃく》に言った。「私も彼が好きだし。それがどうかした

「彼はヴィヴィアンのものだ」マックはにこりともしない。

ナタリーは彼のけわしい顔をさぐるように見た。「誰も人を所有することはできないわ」

マックはあざけるように眼帯をしていないほうの眉を上げた。「君が彼の気を引くようなことをしても、妹は感謝しないぞ」

満たされぬ欲求とみじめさで、ナタリーは全身がうずいた。私を高まらせながら拒否するマックが憎らしい。理不尽だが、そのとき彼女はしっかりとものを考えていなかった。次の言葉を口にするつもりはなかったのに、怒りで自分を抑えられなかった。「もし私が彼の気を引いても、あなたは平気でしょう？　彼が嫌いなんだもの。そうしたほうがヴィヴィアンも目が覚めるかもしれないわよ」

「そんなことはするな」マックは脅すように言った。

「もししたら、どうするの？」

マックは答えなかった。二人はたちまちにして敵になった。怒りもあらわに彼は戸口へ行ってドアを開け、ナタリーが出るのを待った。

ナタリーはためらったが、一瞬だけだった。出ていってほしいのなら、いいわ！　マックに目もくれずに無言で部屋を出た彼女は、今さっき口にした言葉で自分の人生模様が変

わったことを知らなかった。

背後でドアが乱暴に閉まり、ナタリーは顔をしかめながら、ホイットが帰っているかキッチンへ見に行った。彼はいた。コーヒーをいれ、自分とヴィヴィアンと二人分のカップについだところだった。

「トレイはどこだ？」きょろきょろして彼がきいた。

「さあ、わからないわ」ナタリーは食器棚を見たが、そこにはなかった。

「いいよ。僕はブラック、ヴィヴィアンはクリームを入れる。君がクリームを運んでくれれば、僕が二つカップを持っていけるから、トレイはいらない」

「いいわ」ナタリーは言った。

ホイットがやけにしげしげ見るので、急にナタリーは服や髪がかなり乱れているに違いないと気づいた。二階へ上がる前に化粧を直そうかとも思ったが、ホイットはもうキッチンを出ている。

ナタリーはホイットについて階段をのぼり、ヴィヴィアンの部屋へ入った。外出帰りのホイットの髪が風で乱れていることも、ナタリーは気づかなかった。二人が部屋に入ると、ヴィヴィアンはナタリーの髪が乱れ、唇が腫れていることと、ホイットの髪が乱れていることを考え合わせ、裏切りと決めつけた。

「帰って」毒のある口調で彼女はナタリーに言った。「今すぐ帰って、二度とここへは来ないで!」

「ヴィヴ! どうしたの?」ナタリーは尋ねた。「とぼけちゃって!」

ホイットはなにも言わないが、妙な目つきをしている。「帰ったほうがいい」彼はやさしく言った。「ヴィヴの世話は僕がするから」

ナタリーはヴィヴィアンを見たが、彼女は顔をそむけて口をきこうともしない。あきらめと苦い悲しみに打ちひしがれ、ナタリーはクリームを置いて部屋を出た。

玄関を出るときには、誰もそばにいなかった。もめごとを起こすつもりはなかったのに、マックとヴィヴィアンはホイットのことで激怒している。すべてまるくおさまってくれればいいのだけれど。

今は、ソファでマックに抱かれたきわどい瞬間のことしか考えられない。状況が違っていたら、とナタリーは心から願った。私はなにがあっても彼を愛しているのに、彼はなにも与えてくれない。

家に帰ると、彼女は疲れ果ててベッドに入った。

ホイットと二人きりになると、ヴィヴィアンは泣きはじめた。「ナタリーを抱いたのね!」目から火花を散らすようにして彼をなじる。「恋人と親友が! よくもそんなことができるわね！」

ホイットはためらってから両手をポケットに入れて口を開いた。ヴィヴィアンはギャンブルの金蔓《かねづる》として、あるいは軽い情事の相手には最高だが、嫉妬《しっと》して所有欲の強くなった彼女には辟易《へきえき》した。ほかにも女はいるのだ。

「だから？」相手の非難を否定せずに彼は言い返した。「彼女は君ほど美人でも金持ちでもないが、気立てはいいし、僕の行動をいちいち詮索《せんさく》しないよ」

ヴィヴィアンは怒りと欲求不満と傷ついた自尊心で真っ赤になり、彼を見つめた。「じゃあ、彼女と行きなさいよ。出ていって。二度と来ないで！」

「喜んで。君はどんな男の理想の女性でもないよ、ヴィヴ。人を所有したがる金持ちの甘ったれお嬢さんさ。価値はないね」

「価値？」

ホイットはうんざりしたような、さげすみに満ちた目でヴィヴィアンを見た。「僕はギャンブルが好きだ。君は金持ちで、僕たちは美男美女。最高に似合いのカップルだと思ったよ。だが、金持ちの娘はほかにもいるからね、ハニー」

ホイットはあざけるように笑って部屋を出て、うしろ手でドアを閉めた。ヴィヴィアンは狂ったように物を投げ、泣きわめいた。数分してマックが部屋へ来て、床から妹を抱き起こしてベッドへ戻した。

「いったいどうしたんだ?」マックは散らかった寝室を眺めながらきいた。

「ホイットとナタリー」ヴィヴィアンは嗚咽《おえつ》した。「二人が……愛し合っていたのよ。ホイットは言ったわ。ナタリーは私と正反対だって」泣いて数秒言葉がつかえる。その間、兄は凍りついたように立ちつくした。「大嫌いよ、二人とも! 恋人と親友なのに! どうしてこんな仕打ちができるの?」

「二人が愛し合っていたとどうしてわかるんだ?」マックはうつろな口調で尋ねた。

「見たもの」ヴィヴィアンは嘘《うそ》をついた。「ホイットも認めたわ。あげくに笑い飛ばしたのよ!」

マックの顔は仮面のように無表情になった。無言で上掛けをたぐり、妹にかけてやった。ヴィヴィアンの話は脈絡が通っておらず、彼女はヒステリー寸前だ。「二人とももう来ないわ。来るなと言ってやったの。どちらとも、もう絶交よ!」

「そうだな」マックの声は緊張していた。「さあ、落ち着いて。病気が悪化するぞ」

「どちらかが電話してきても」ヴィヴィアンは冷たく言いたした。「私は出ませんからね」

「心配しなくていい。僕が処理するから」

「私がもう処理したわ」ヴィヴィアンは言い返した。「それと、ボブとチャールズには言わないでね。ほかの誰にも知らせなくていいわ!」

「わかったよ、ヴィヴ。もう少し眠れ。部屋は明日、セイディに掃除してもらおう」

「ありがとう、兄さん」ヴィヴィアンは泣きながら言った。「ほんとうにやさしいのね」

マックは返事をしなかった。部屋を出て静かにドアを閉めると、生気が急に抜けていくような気がした。ナタリーがヴィヴィアンの恋人と。あの男とはかかわるなと言ったのだが、彼女は僕に腹を立てていた。そのせいか？　腹いせで、彼女は十分もしないうちに僕から彼に乗り換えたのか？

もし僕を嫉妬させようと思ってしたことなら、とんだ思い違いだ。彼女には侮蔑《ぶべつ》しか感じない。ヴィヴィアン同様、二度と家には入れたくないし、金輪際縁を切ろう。マックは階下の書斎に行くと、これまでもっとも甘美な瞬間をともに過ごしたソファを見ないようにして、書類仕事に没頭した。

ひょっとしたら、これでよかったのかもしれない。どうせナタリーとは結婚できないのだ。自分たちにはあまりにも障害が多すぎる。しかし、あのギャンブル好きとナタリーという組み合わせはやはり気にいらない。いや、ほかのどんな男でも……。

マックは不快な記憶に毒づいて鉛筆を置いた。ナタリーは古くからの知り合いで、最近では牧場のほとんどのことにかかわってきた。彼や妹と乗馬を楽しみ、パーティやバーベキューや牛の即売会にもやってきた。いつもそばにいたのだ。その彼女が笑いながら階段を駆けのぼってくる姿はもう見られない。僕をたしなめ、説教することも、いっしょに甘い雰囲気にひたることもない。僕は一人ぼっちなのだ。

マックは立ちあがって酒のキャビネットへ向かった。めったに飲まないが、客用の年代物のスコッチがしまってある。彼は一杯ついであおり、熱い刺激が喉を洗う感触を味わった。これほど無力に感じたことはない。瓶に目をやり、机に持っていくと、あとから思いついてドアに鍵《かぎ》をかけた。

ヴィヴィアンは眠れなかった。怒って壁に投げつけた物の破片に気をつけながら、起きて顔を洗った。ナタリーとホイットの話をしたときのマックの顔がどうしても忘れられない。あんな表情を見たのは生まれて初めてだった。

それが気になって、彼女は兄をさがしはじめた。私室にも、二階のどこにも、姿は見えない。抗生物質をのんでも、歩きながら呼吸するのが苦しいので、ゆっくり進んで書斎の戸口まで行った。ドアを開けようとしたが、鍵がかかっている。マックは決してドアに鍵などかけないのに。

ためらったのは一瞬だった。あの兄の表情とこの奇妙な行動、それにナイトクラブでナタリーと踊ったときの親密な抱き方を考え合わせ、ヴィヴィアンはふるえる手をインターコムに伸ばし、牧童頭を呼び出した。

「すぐに来て」名乗ってから彼女は言った。「錠前師のアルバイトをしている者はいるわよね？」

「はい、お嬢様」

「じゃあ、その人も連れてきて。急いでね！」

「わかりました！」

ヴィヴィアンは廊下の椅子に座って、唇を噛《か》んだ。ナタリーとホイットがいっしょにいるところを見たというのは嘘だったが、二人ともまるでキスをしたあとのようだった。そしてホイットは否定しなかった。でも兄がナタリーを愛しているのなら、私は大変なことをしてしまったのかもしれない。兄はグレナと交際しても、彼女なしで生きられないようなふるまいは決してしなかった。しかし、ナタリーを見る目つきやダンスフロアでの抱擁の仕方、彼女を追う視線……ああ、神様、早く男たちを来させて！

ようやく玄関のチャイムが鳴ると、ヴィヴィアンは精いっぱい急いでドアを開けに行った。

「このドアの錠をはずしてほしいの」彼女は牧童頭の横にいる男に言った。

「鍵は使えないんですか？」男はためらっている。

「私は持っていないのよ。兄が持っていて、中からロックしてしまったの」ヴィヴィアンは両腕で自分の体を抱きしめた。「お願い」日ごろの高慢さは消えうせ、柄にもなく懇願口調で言った。「ちょっと……トラブルがあったの。書斎にいるんだけど、返事がないのよ」

錠前師はなにも言わずに道具入れを出し、作業に取りかかった。ほどなくドアの錠ははずれた。

「待って」ドアを開けようとする男たちをヴィヴィアンは制した。「ここで待っていて。必要なら呼ぶわ」無用のゴシップに兄をさらしたくはない。

ヴィヴィアンは部屋に入ってドアを閉めた。目にした光景に呆然《ぼうぜん》とし、罪悪感で体がぶるぶるふるえはじめた。マックは机に突っ伏して、ほとんど空になったウイスキーの瓶が手元に倒れている。酒癖の悪かった父親の記憶から、ふだんは決して飲みすぎることなどないのに。

ヴィヴィアンは少しだけドアを開けた。「眠っているだけだったわ。来てくれてありがとう。もう行っていいわ」

男たちが去ると、ヴィヴィアンは机の横の椅子に座り、一晩中、兄に付き添った。生まれて初めて、自分がいかに自己中心的であったかに気づいた。

朝早くマックは目覚めた。寝ぼけたまま体を起こし、ローブ姿の妹が横の椅子にまるくなっているのを見て、顔をしかめた。そして髪をかきあげながら、残りのウイスキーを眺めた。「ヴィヴ？　こんなところでなにをしているんだ？」

ヴィヴィアンは目を開いた。まだ具合が悪そうだ。「兄さんが心配だったのよ。ふだん飲まないから」

マックは頭をしゃんと上げて、苦々しく言った。「二度と飲まないよ。約束する」

ヴィヴィアンはゆっくり立ちあがった。「大丈夫？」

「ああ。おまえこそ大丈夫か？」

彼女は笑顔を作った。「なんとか乗りきるわ」

マックの顔がこわばった。「おまえも僕も人を見る目がなかったようだな」

「ゆうべ、私が言ったことは」ヴィヴィアンは真剣に話そうとした。「あのことは――」

マックは手を上げてさえぎった。顔は不快感でこわばっている。「あの二人はお似合いだよ。僕はグレナと付き合っている。女性との長期の関係はいやなんだ。とりわけ、一文なしで、気まぐれで、二心を抱く孤児となんてね！」

ヴィヴィアンは少し気が楽になった。ナタリーのせいだと思っても、兄がずっと気落ちしているのはいやなものだ。自分もホイットの裏切りを乗り越えるにはしばらくかかるだろう。しかし事態を悪化させたことは気がとがめるし、恥ずかしくもあった。

「彼らもどうしようもなかったのかもしれないわね」ヴィヴィアンは重々しく言った。

「望んだことじゃなかったかもしれないな」そう言って、マックは立ちあがった。「この話はこれまでだ。この家で二度と彼女の名は口にするな」

「わかったわ、兄さん」

マックはウイスキーの瓶を苦々しく見てから、ごみ箱にほうり捨てた。

「さあ、寝室へ戻ろう」彼は笑顔でヴィヴィアンに言った。「おまえの世話は僕がしないとな」

ヴィヴィアンは兄の腰に腕をまわした。「だって兄さんだもの。大好きよ」

マックは妹の額にキスをして抱き寄せた。「ありがとう」

ヴィヴィアンは肩をすくめた。「私たちはキレイン家の人間。生き残る人間だものね」

「そうとも。さあ、行こう」

マックは妹をベッドに寝かせると、家畜のようすを見に厩舎《きゅうしゃ》へ行った。前夜のことは考えなかった。ボブとチャールズが帰宅しても、起こったことはなにも話さなかった。だが、兄の前でナタリーの話はするなと、そっとヴィヴィアンが二人に忠告した。

「どうしてだい?」ボブがきょとんとしてきいた。「ナタリーは家族も同然だろう」

「そうだよ」チャールズが強調した。「みんな彼女を大好きなのに」

ヴィヴィアンは二人の目を見られなかった。「長い話なの。彼女は私と兄さんを傷つけることをしたの。でも、その話はしたくないわ。いいわね?」

渋る二人をどうにかヴィヴィアンは説得した。しかし、自分は被害者なのだと良心を納得させることも、ホイットに言われたことを忘れることもできなかった。ナタリーはずっと無二の親友だった。そんな彼女が私の恋人に手を出すだろうか? でも何年も前、カールには手を出した。苦々しく思ってから、あのときカールは賭《かけ》でデートしただけだったことを思い出した。私はそれを知っていたのに、嫉妬心でナタリーに教えてあげなかった。今にして思えば、なんと不公平だっただろう。甘やかされて育った私に対し、ナタリーは境遇に恵まれなくても、決して私に嫉妬したりしなかった。でも、もうどうしようもないわ。ホイットの言ったことが真実なら、じきにみんなにわかるわよ。ナタリーとデートする姿が見かけられるはずだもの。それで私が正しかったことが証明されるのよ。そうヴィヴィアンは自分に言い聞かせた。

しかし、ヴィヴィアンの思ったとおりにはならなかった。ホイットは金持ちでギャンブル好きの地元の工事請負業者の娘と出歩く姿が見かけられた。ヴィヴィアンと破局したすぐあとだっただけに、それは町中の噂《うわさ》となった。

ナタリーは騒動の夜に家に帰ると、泣き疲れるまで泣いて、翌朝の昼近くまで眠り、かろうじて勤務時間に間に合うように食料雑貨店へ行った。仕事のおかげでつらい思い出から気はまぎれたが、数年ぶりに孤児であることを痛感した。試験の成績や卒業のことも心配だし、この週末に浮き世の重さがのしかかってきたような気がする。当然、最悪なのはマックの怒りだ。自分が挑発したせいかもしれないとはいえ、やはりひどくつらかった。

8

翌週ナタリーは学籍課で成績表を受け取り、全科目合格したのを見て、ほっとして笑い声をあげた。これで晴れて卒業だわ。

しかしクラスメートが卒業礼拝、卒業式のチケットを注文すると、自分にはチケットを買う相手がいないと気づいて愕然《がくぜん》とした。キレイン一家は誰も口をきいてくれないし、自分には家族もいない。卒業の晴れ姿を見てくれる人が一人もいないのだ。

それはつらい自覚だった。予行演習で帽子とガウンを身につけても、さして興奮はない。明るい外見から、誰もナタリーの憂鬱《ゆううつ》に気づきはしなかっただろう。仕事先でも幸せの絶頂のふりをしていた。

卒業式の少し前に、デイヴ・マーカムと会った。教育実習がすんでからはあまり連絡をとっておらず、顔を見て話でもしたいと思っていたところだった。

「噂《うわさ》では、卒業だそうだね」デイヴは食料雑貨店のレジで勘定を待ちながらナタリーに声をかけた。

彼女はにっこりした。「そのようね。ほっとしたわ。試験中はすべて受かるか不安だったから」

「みんなそうさ。卒業試験で神経衰弱になる学生もいるからね」デイヴはレジスターに金額を打ちこむナタリーを静かに眺めた。「もう一つ噂があるんだ」

ナタリーは手をとめて顔を上げた。「どんな?」

デイヴは顔をしかめた。「君がキレイン一家と仲たがいしたという噂だよ。僕は信じなかったけどね。君とヴィヴィアンは数年来の友達なんだから」

「悲しいけど、ほんとうよ」ナタリーは大きく息を吸って総計を告げ、デイヴが代金を払うのを待った。

「なにがあったのか話してくれないか?」レシートを受け取りながら、デイヴがきいた。

ナタリーは商品を袋に入れる係を呼んでから、彼のほうを見た。「話したくないの。つらいから」

「一人で悩むからつらいんだよ。ホイット・ムーアは新しい女の子と付き合っていて、ヴィヴィアンは職業訓練学校を辞めたらしいね」

それは初耳だった。「そうなの?」もちろん、かつての親友がそう決断したのも無理はなかった。あんな形で別れたあともホイットの授業を受けるのはつらいだろう。ホイットはあの夜のことをヴィヴィアンに正直に話しただろうかと思ってから、話してはいないだろうとナタリーは判断した。誤解は二度と晴れないかもしれない。ヴィヴィアンや弟たちはもちろん、誰よりマックが恋しいのに。おそらくマックはヴィヴィアンからすべて聞いただろう。妹の話を信じないでくれればいいけれど、その可能性は薄い。ヴィヴィアンが兄に故意に嘘《うそ》をついたことはかつて覚えがないから。

「ミセス・リンゴールドからいつも君のことをきかれるよ」デイヴは励まそうとして言った。「欠員があれば、秋から我が校で教えてもらいたいって。僕も同感だよ。話し相手がいないと寂しくてね」

ナタリーは彼の片思いを思い出し、共感してほほえんだ。「そうするかもしれないわ」

係の少年が来て商品を袋に入れると、デイヴのうしろに別の客が来て、短い会話は終わった。デイヴは電話すると約束して去り、ナタリーは今聞いた話を忘れようと仕事に打ちこんだ。マックがせめて電話をくれ、釈明するチャンスをくれればいいのに。しかし電話はないし、ヴィヴィアンのあの敵意を見ては、自分から電話する勇気もない。どうか我慢すれば、自然と解決しますように。ナタリーは願った。

金曜日の夜の卒業礼拝を前にした木曜日の午後遅く、ナタリーは銀行を出たところでばったりマック・キレインに会った。ヴィヴィアンと喧嘩《けんか》をした夜以来、見かけるのは初めてだ。彼はさっと離れ、まるで汚れ物を見るような目でナタリーを見た。やはりヴィヴィアンは私とホイットの関係を憶測でマックに話したのだわ、とそのときナタリーは悟った。これではいくら弁明しても、マックは耳を貸してくれないだろう。彼にこんな目で見られるとは思いもしなかった。傷ついて、魂まで張り裂けそうだ。

「君は親友によくあんなことができるな？」

「あ、あんなこと？」

「わかっているだろう！」マックは声を荒らげた。「嘘つきの浮気女。やつは夢中だろうが、正気な男は誰も君など振り返らないよ」

ナタリーはぽかんと口を開けた。心臓が早鐘を打ち、口の中はからからだ。「マック……」

「君は僕たち全員をだましたんだ」人に聞かれるのもかまわず、大声で彼は続けた。「ヴィヴィアンは君を信頼していたんだぞ！　それなのに肺炎で寝こんでいる間に、親友が恋人を寝取るんだからな！」

ナタリーは歩道を進みたかった。目に涙があふれる。「そんなことしてないわ！」言葉につかえそうになりながら、必死で弁明しようとした。

「否定しても無駄だ。妹は見た」マックは軽蔑《けいべつ》しきった口調で言った。「本人がそう言ったんだ」

嘘なのに、マックは信じている。たぶん彼は信じたいのだろう。二人に将来はないと彼は言ったし、このことは私と縁を切る絶好の口実になる。なにを言っても無駄なのだわ。私は彼には無用なのだ。そう思うと、ナタリーは耐えがたいほどつらかった。

「僕たちはみんな君を信用し、家族同然に思ってきた。その報いがヴィヴィアンへの裏切りか。あいつは一度も君を傷つけたことなどないのに」その口調は意地悪く、怒りに満ちている。「そのうえ、それを詫《わ》びようともしないんだからな」

ナタリーは挑むように顔を上げた。「ヴィヴィアンにあやまる理由などないわ」かすれた声で言った。

「それなら、おたがい言うことはないな、もう二度と」

「マック、説明させてちょうだい」ナタリーは奇跡を期待して言った。「冷静に話をして」

「僕は冷静だよ」氷のような口調だ。「君はなにを期待したんだ？　プロポーズか？」マックは辛辣《しんらつ》な笑い声をあげた。「僕の結婚観は知っているだろう。仮にその気になっても、指輪をしたとたんに裏切るような女はごめんだね。君はあのあと彼のところへ行った。行くと宣言したうえで。だが僕が嫉妬《しっと》していると思うなら、大間違いだ。君は妹の友達だったが、僕は君に家をうろついてなどほしくなかった。妹のために我慢していたんだ」

「そうなの」ナタリーは顔が真っ青になり、周囲の人が困惑と同情の目で見ているのに気づいた。

マックは傷つけられたプライドと自分の弱さへの怒りで、心を硬化させた。「それと言うまでもないが、二度と牧場へは来ないでくれ」

ナタリーは彼のきびしい顔を見て、うなずいた。「ええ、マック。言うまでもないわ」

今にも心臓が破れそうだ。ナタリーはさげすみと非難のまなざしから顔をそむけ、足早に歩き去った。今度ばかりはヴィヴィアンの仕打ちに我慢できない。そのせいで、私はマック、命より愛する男性を失ったのだ。ああ、彼女なんて大嫌い。大嫌いだわ！

ナタリーの姿が見えなくなっても、野次馬はマックを見つめていたが、彼はなにも言わなかった。自分の行く手を避けて人々がころびそうになるのに気づきながら、憤然と銀行へ入っていった。僕の腕を出てすぐホイットに抱かれたうえ、妹に現場を見られながら、厚かましくも否定しようとするなんて！　自分の女性に関する直感は二度と信用すまい、とマックは決意した。あれほどたやすく、長い間だまされるなら、グレナと付き合ったほうが安全だ。貞操は堅くなくても、少なくとも裏切りはしないから。

ナタリーは消沈して家へ帰った。夕食を作っても喉を通らなかった。これまでマックは勝手に決めつけているのだと思っていた。まさかヴィヴィアンがあんな嘘をつき、それを彼が信じるとは思いもしなかった。しかし書斎から追い出されたとき、欲求不満からあんなことをマックに言って事態を悪化させたのは私自身なのだ。ホイットなど求めていなかったのに。でも、もう誰も信じてくれないだろう。マックばかりか、数年来の唯一の家族を失ってしまった。ナタリーはベッドに入ったが、孤独感とみじめさで明け方近くまで眠れなかった。

今後もキレイン家と同じ町に住み、マックやヴィヴィアンたちと顔を合わせることがどうしてできるだろう？　ボブやチャールズも私を憎んでいるのだろうか？　みんなで軽蔑して？　ヴィヴィアンは嘘をついた。親友と思っていた女性の手ひどい仕打ちがなによりつらかった。たぶん私は愛に縁遠い運命なのだろう。叔母のミズ・バーンズが孤児院から引き取ってくれたのだって、死ぬまでの家政婦兼看護師がわりが欲しかったからだ。誰一人私を愛してくれた人はいない。マックには愛してもらいたかったし、愛してくれていると感じたこともあった。でも、あの目に浮かんだ憎しみは激烈だった。もし私を愛していたのなら、少なくとも私に有利に解釈してくれただろうに。

しかし彼はそうせずに、迷わず妹を信じた。永遠の愛への夢は無残に砕け、あとは今後の生き方を決めるだけだ。メディシンリッジにいられないことは明らかだから、出ていかなければならない。来週、卒業後に、身内がダラスの学校の校長をしているという講師に会うことになっている。そこに欠員があるそうだし、ダラスに住むのもいいかもしれない。

ナタリーは卒業礼拝へ向かいながら、多くのクラスメートの家族がそろって子供の晴れ姿を見に来ていることを気にかけまいとした。大学のチャペルで行われる短い礼拝だが、気持ちが沈んで、来賓の祝辞もほとんど耳に入らなかった。

礼拝がすむと、顔見知りのクラスメートに挨拶《あいさつ》して車で家へ帰った。翌朝は早起きして、卒業式に向かった。堂々とチャペルに入り、名前が呼ばれて証書を授与されるのを待ちながら、ナタリーは誇らしい気分になった。キレイン家とのいさかいがなければ、生涯最高の日になっただろう。けれども実際は、ゾンビのように実態のない行動をするだけだった。カメラにほほえみ、幸せそうな顔をしていても、内心はみじめで、一人になりたくてたまらなかった。式がすむとすぐに、ダラスの仕事の口添えをしてくれる講師をさがし、興味があることを伝えた。

日曜日の夕食のテーブルについたキレイン一家は陰気だった。弟たちも帰宅し、数日ぶりに家族全員そろったのだが、まるで通夜のようだ。

「ナタリーが昨日卒業したよ」冷たくボブが言って、マックとヴィヴィアンをにらみつけた。「友達のギグの姉さんが同じクラスだったんだ。ナタリーは式にも礼拝にも誰も来ていなかったって。姉さん？」

ヴィヴィアンはわっと泣きだすと、席を立って二階へ駆けあがった。マックも食事に手をつけないまま、仏頂面で部屋を出ていく。

ボブはチャールズを見て顔をしかめた。「言わないほうがよかったかな」

「わけがわからないよ」チャールズはいらいらして答えた。「ナタリーは家族同然だろう。

それなのにあの二人は、まるで彼女が犯罪者みたいな態度じゃないか。ぜったいホイットのせいさ。彼の言ったことかしたことが原因なんだ。今、彼はマーチェソンの娘と付き合っているけど、彼女はホイットのギャンブル資金を出している。みんな知っているよ。彼は姉さんのことだって、目的のための手段にすぎないと言ったんだ。だからナタリーのせいで彼と別れられたなら、むしろよかったんだよ！　ナタリーは肺炎以上の災難から姉さんを救ってくれたんだ」

廊下で立ち聞きしたマックは顔をしかめた。ホイットはヴィヴィアンを捨ててナタリーに乗り換えたと思ったのに、なぜマーチェソンの娘と付き合っているのだろう？　ナタリーの激しい否定に加え、今のヴィヴィアンのヒステリックな退席。なにか妙だ。

彼は妹を追って寝室へ行った。ヴィヴィアンは青白い頬を涙で濡《ぬ》らしながら、ベッドわきの椅子に座っている。彼はベッドに座って妹と向かい合った。

「泣いているわけを教えてくれないか、ヴィヴ？」

ヴィヴィアンはティッシュで目をぬぐってささやいた。「私、嘘をついたの」

マックの体がこわばった。「なんだって？」

「だって、ナタリーの服もホイットの髪も乱れていたんですもの。まるで愛し合ったあとみたいに」ヴィヴィアンは言い訳がましく言った。「でも、現場を見たわけじゃないの。だけど家には二人きりだったし、一時間近くいっしょに階下《した》にいたのよ」彼女の顔は話すうちにけわしくなり、兄の顔が突然青ざめたことには気づかなかった。

「僕は階下にいたぞ」マックは声をあげた。「ホイットはたばこを買いに出かけ、ナタリーといっしょにおまえの部屋へ行ったときには、戻ってコーヒーをいれたばかりだったんだ」

ヴィヴィアンは呆然《ぼうぜん》として兄を見た。「そんな、まさか。ああ、神様、そんなはずないわ！」

「ナタリーはなにもしていないよ。ホイットとは」マックは窓に目をそらして言い添えた。「今の彼は、生まれてから一度もほほえんだことがないように見えた。路上で、多くの野次馬がいる前で、裏切り者とナタリーをののしった自分の声が聞こえてくる。

これでやっと筋が通った。僕はナタリーが僕の腕からホイットの腕に直行したと思ったから深酒をした。あの時間、ナタリーとホイットが二人きりだったと思ったヴィヴィアンがそう言ったからだ。ホイットも認め、それ以来ずっと……。

「ナタリーのところへ行くわ」すぐにヴィヴィアンは言った。「必要なら、ひざまずいてでもあやまる」

「いいよ」マックは立ちあがりながら言った。「どうせ門前払いだろう。僕もここに来るなと言ったからな」彼は腰の横で拳《こぶし》を握り締めた。「彼女は一人きりで卒業式に出たんだな」声がつまり、それ以上言葉が続かなかった。彼はヴィヴィアンを見ずに部屋を出て、そのあとにドアがばたんと閉まった。

ヴィヴィアンは両手で顔をおおって泣きじゃくった。自分のわがままのせいで、二人の人生をぶちこわしてしまった。兄はナタリーを愛しているし、ナタリーも兄を愛しているのに！　裏切ったのはナタリーでなく私自身なのだわ。ホイットがナタリーのほうを好み、自尊心は傷ついたけれど、私にはむしろよかったのだ。いいように男の金蔓《かねづる》にされるのをナタリーが救ってくれたのだもの。それなのに、私は彼女と縁を切ってしまった。ああ、彼女が許してくれればいいのだけれど。ナタリーは幼いころ亡くした両親以外に心から愛された経験がない。天涯孤独の身を今まで以上に痛感しているだろう。ヴィヴィアンは深呼吸して目をぬぐった。きっとなにか方法があるはずよ。なんとかして仲直りしなくては。

マックは翌日、出張に発《た》った。家を出るときもヴィヴィアンにはろくに声もかけず、死人のような顔つきだった。彼女はそんな兄の気持ちを想像することしかできなかった。いつの日かナタリーが兄を許すことはあっても、決して忘れられはしないだろう。

ヴィヴィアンが勇気を奮ってナタリーの家へ出かけ、ドアをノックするのに、二日間かかった。ドアが開いたときはショックだった。床に二個のスーツケースがあり、ナタリーが旅行用の服装をしていたからだ。

「ナタリー、少し話す時間をもらえる？」ためらいがちにヴィヴィアンは切り出した。

「一分だけね」そっけない返事が返ってきた。「タクシーかと思ったわ。空港へ行くところだから。大学の先生がダラスに同行させてくださるの」

「ダラスになにがあるの？」ヴィヴィアンはショックを受けて尋ねた。

「就職口よ」ナタリーは私道に入ってくるタクシーを見ると、スーツケースを持ってポーチに置き、ドアに鍵《かぎ》をかけた。「家は売りに出したの。もう帰ってくる気はないから」

「ああ、ナット」ヴィヴィアンは哀れっぽくささやいた。「私、嘘をついたの。兄に。あなたとホイットが一時間くらい階下にいたから、てっきり……。私が責めても、ホイットは否定しなかったし。だけど、兄が帰っていたことは知らなかったのよ」

ナタリーはまっすぐヴィヴィアンを見た。ヴィヴィアンの無口な兄に劣らぬ迫力のある顔だ。「マックはあなたを信じたわ」言ったのはそれだけだった。しかしそこには、彼がナタリーの潔白の可能性を考えもせず、迷わず断罪したことへの非難がこめられていた。

「私は妹だし、これまで兄に嘘をついたことがなかったからよ。お願い、ナット、一言聞いて！」

「空港までのお客さんですか？」運転手がきいた。

「そうです」ナタリーはスーツケースを持つと、もうヴィヴィアンには口もきかずに階段を下りた。

「行かないで！」ヴィヴィアンが叫んだ。「お願いだから行かないで！」

「私にはもうこの町にはなにもないわ。そうでしょう、ヴィヴィアン」運転手が荷物をトランクに入れ、後部ドアを開けると、ナタリーは目を合わさずにヴィヴィアンに言った。「やっとあなたの思いどおりになったのに、うれしくないの？　私はもう二度とあなたの恋敵にならないのよ」

「知らなかったのよ」ヴィヴィアンはうめいた。「即断して、みんなを傷つけてしまったわ。でも、お願い、せめて私にあやまらせて！　それとどうか兄を責めないで。悪いのは兄じゃないのよ」

「マックに私は不要なのよ」ナタリーは重い口調で言った。「初めからわかっていたけど、この前会ったとき、はっきりしたわ。彼はグレナと付き合えば幸せなのよ。たぶん、あなたも。でも、私は生け贄《いにえ》の羊になるのはもううんざり。ダラスで新しい人生を見つけるわ。さようなら、ヴィヴィアン」やはりヴィヴィアンのほうを見ないまま、そっけなく言った。

ヴィヴィアンは沈痛な思いで階段に立ったまま、かつての親友が自分のせいで町を去るのを眺めた。「ごめんなさい」走り去るタクシーにささやいた。「ああ、ナタリー、ほんとうにごめんなさい！」

もちろん、ヴィヴィアンは兄にナタリーが去ったことは告げなければならなかった。それはナタリーが去るのを見るのに劣らずつらかった。書斎でコンピューターに向かっていたマックは、戸口の妹を見て顔を上げた。「なんだい？」

ヴィヴィアンは部屋に入ってドアを閉めた。見るからに元気がなく、打ちひしがれたようすだ。「ナタリーにあやまりに行ったの」

その言葉にマックの顔がこわばり、少し青ざめたように見えた。しかし彼はすぐに気を取り直し、片方の眉を上げただけでコンピューターの画面に目を戻した。「不首尾に終わったようだな?」

ヴィヴィアンは神経質に腕時計をいじった。思っていた以上に話しづらい。「彼女はちょうど発つところで、間一髪で間に合ったの」

マックはけげんそうに顔を上げた。「発つところ?」

ヴィヴィアンはうなずいて机の横の椅子に座った。兄が泥酔した夜に座った椅子だ。彼女は話したくなかった。兄はあまりに多くの人生の責任を負い、苦しんできた。弟妹以外には愛する人もいなかった。その兄がナタリーを愛した。兄を幸せにできる唯一の女性をヴィヴィアンは奪ってしまったのだ。

「発ったって、どこへ?」マックは尋ねた。

ヴィヴィアンは唾《つば》をのみこんだ。「ダラスよ」

「テキサスのダラスか? テキサスにどんな知り合いがいるんだ?」妹の言おうとしていることがまだ理解できず、マックはたたみかけた。

「あちらに就職口があるの」しぶしぶヴィヴィアンは言った。「家を……売って、もう戻らないって」

数秒間、マックは無言のまま妹を見つめた。やがてようやく事態をのみこむと、急に生気がうせた表情になり、壁をぼんやり見つめた。ナタリーが町を出た。僕たちがひどく傷つけたので、同じ土地にいられなくなったのだ。たぶん噂もこたえたのだろう。僕が人前で非難したりしたから。

マックはなにも言わずに椅子にへたりこんだ。

「説明してあやまろうとしたんだけど」ヴィヴィアンは続けた。「私を見てもくれなかったわ。仕方ないわね。嫉妬とうぬぼれとわがままで、私が彼女の人生をだいなしにしてしまったんだもの。今思えば、ナットを恋敵扱いしたのは初めてじゃないのよ。私がばかだったわ。ほんとうにごめんなさい、兄さん」

マックは机の鉛筆をいじり、たまにナタリーを見かけることすらない世界に順応しようとした。永遠に失った今になって、どれほど彼女を愛していたかを悟った。なんという皮肉だろう。

「私がダラスまで行って説得することもできるわ」打ちひしがれた兄を見て、粘り強くヴィヴィアンは言った。冷徹な兄が目の前でくじけかけている。

マックは肩を落として首を振った。「行かせてやれ。僕たちはそれだけのひどい仕打ちをしたんだ」

「でも、ナタリーを愛しているんでしょう！」

マックはつかの間、目を閉じてから開けた。コンピューターに向かってマウスを動かし、ファイルをふたたび開くと、それきりなにも言わなかった。

つらい沈黙ののち、ヴィヴィアンは立ちあがって部屋を出た。兄を愛していながら、最近どれほど傷つけてきたことだろう。そしてナタリーにした仕打ちはさらにひどいものだ。私が二人にしたことは決して償えるものではないけれど、せめて努力するチャンスがあれば、と彼女は祈った。


ナタリーは学校の近くの小さなアパートメントに居を構えた。すでに教職の面接を受け、数日後に採用通知が届いた。その年の教員登録簿はいっぱいだったが、病気で仕事を続けられない教師が出て、空きができたのだ。ナタリーはヒスパニック系の生徒と意思の疎通ができるので、学校の求める三年生担当にうってつけだった。大学での第二外国語を当初予定していたドイツ語ではなくスペイン語にしたのが、今にして思えば幸いだった。

ナタリーは、ヴィヴィアンが訪ねてきたこと、そしてナタリーとホイットのことでヴィヴィアンがマックに嘘をついたと告白したことを考えた。つまりマックは知っていながら、ナタリーを引きとめようとしなかったのだ。電話や手紙もくれない。それだけの価値も彼女にはないということだ。きっと彼が通りで言ったことはすべて本心なのだろう。

これでよかったのだと思う部分もある。マックは結婚も情事も望まないと言ったから、あのままだったら、二人ともっと苦しんだかもしれない。急な別れがよかったのだ。しかしマックとの付き合いは長く、ナタリーには彼なしの人生など考えられないほどだった。それにヴィヴィアンが本来の彼女のときには、ボブやチャールズともどもいい友達だった。キレイン一家とはほんとうに家族同然だった。今ふたたび絆《きずな》は断たれた。ナタリーは一人ぼっちであることに慣れないといけないのだ。

少なくとも、仕事と住む場所はある。八月の授業開始までに、いくらか服も補充できるよう、夏の間のアルバイトも見つけた。くじけるものですか！　みごと立ち直ってみせるわ。ナタリーは心に誓った。

しかし、そうはいかなかった。数日が数週間になり、新しい環境に慣れはしても、ナタリーはまだよそ者の気分だった。初めて教壇に立った日は緊張し、自信が持てず、それが生徒たちにも伝わって、授業にならなかった。ほかの先生がやってきて、どうにか授業を始められるよう混乱をおさめてくれた。

その先生はナタリーをそっとわきへ連れていき、元気旺盛《おうせい》な生徒の扱い方を教えてくれた。おかげで翌日は見違えるようだった。ナタリーは生徒をまとめ、名前を覚えはじめた。ほかの職員も顔と名前が一致して、仕事が楽しくなった。けれども夜になると、眠れずにマック・キレインの力強い腕に抱擁される感触を思い出し、体がうずいた。

第二週目には、だいぶ仕事になじんできた。しかし帰宅途中、小さなバスケットボールコートの横を通ると、十五、六歳の二人の少年が口汚くののしり合い、小突き合っているのが目に入った。思わずナタリーは二人のほうへ歩み寄った。

「よしなさい」彼女は仲裁に入りながら言った。不運にも、ちょうどそのとき一人の少年の手がデニムのシャツの中に入り、ナイフが現れた。ぴかっと金属の反射する光が見えたとたん、胸に激痛を覚え、ナタリーは地面に崩れ落ちた。

「やっちまったぞ、ばか!」一人が叫んだ。「おまえのせいさ! この女がじゃましたんだ!」

二人は言い合いながら走り去り、ナタリーは倒れたまま、胸のあたりのコンクリートが湿るのを感じた。呼吸ができない。人々の声と車の音が聞こえる。青空が白くかすんでいき……。

マックがコンピューターに新しいソフトウエアをダウンロードしていたときに電話が鳴った。多忙な夏だった。今は雄牛の駆り集めとともに、子牛を市場に出す準備が進行中だ。ナタリーのことを考えまいと死に物狂いで働いてきたが、寝ても覚めても、やはり彼女を忘れられない。

ダウンロードを続けながらも、留守番電話にせず、彼はぼんやり受話器をとった。「もしもし？」

「ミスター・マッキンジー・キレインですか？」

「そうですが？」

「ダラス医療センターのドクター・ヘイズです」電話の相手は名乗った。

マックは心臓がとまりそうになった。「ナタリー！」悪い予感がして、思わず叫んだ。

「ええ、用件はミス・ナタリー・ブロックのことです。あなたの名前と電話番号が財布の中の事故時連絡カードにありました。で、彼女のご家族に連絡をとりたいのですが」

「どうしたんですか？　ナタリーが怪我《けが》を？」

「緊急手術が必要です。でないと、危険です」医師は率直に言った。「しかし、手術に必要な承諾書に本人が署名できないのです。意識がなくて。そこでご家族に来ていただきたいのです」

マックは受話器を握り締めた。「僕はいとこで、彼女の唯一の親戚《しんせき》です」すらすらと嘘が口をついて出た。「僕が署名しましょう。二時間で行きます」

「二時間では間に合いません」

マックは目を閉じて無言で祈った。「そうだ、ファックスがある。便箋《びんせん》に承諾の旨を書き、署名してお送りします。それでかまいませんか？」

「ええ。しかし、急いでください。こちらのファックス番号を言いますから」

マックは番号を書きとめた。「二分で送ります。ぜったい助けてください」氷のように冷たい口調で言ってから、彼は電話を切った。

ダウンロードを中止し、マックはふるえる手で承諾書を打ちこんで、牧場の便箋にプリントアウトして署名してからファックスで送った。そしてコンピューターの電源を切ると、最寄りの市にあるチャーターサービスに電話をした。

「ダラスまで飛ぶジェット機を十分で用意してほしい。無理とは言わせないぞ。こちらの空港で待っている」彼は場所を告げて電話を切った。

荷造りする時間はない。マックが書斎を飛び出そうとすると同時に、ボブとチャールズが入ってきた。驚いた顔のヴィヴィアンもついてくる。

「どうしたの？」真っ青な兄の顔を見て、心配そうにヴィヴィアンが尋ねた。

「わからない。しかしナタリーがダラスの病院に入院し、緊急手術を受ける必要がある。僕がかわりに署名したから、もし誰かが電話で問い合わせてきたら、僕らは彼女のいとこということにするんだぞ」

「兄さんはどこへ行くんだい？」ボブが尋ねた。

「ダラスに決まっているだろう」マックはいらだたしげに言って、弟たちを押しのけた。

「僕らも行く」チャールズが言った。「ナタリーは家族全員のものだ。僕は残らないからね」

「僕もだよ」ボブが同調した。

「行くなら全員よ」ヴィヴィアンが言い添えた。「そもそもの原因は私だもの。ナタリーには私が必要よ。私も行くわ。よくなったら、ちゃんとお詫びを聞いてもらわないといけないもの」

「言い合っている時間はない。車に乗れ」

「どうやって行くの？」ヴィヴィアンが尋ねた。

「途中にチャーター機を用意させた」

「飛行機か。かっこいいな」ボブが言う。

「うん。飛行機は大好きだ」チャールズがうなずく。

「私は好きじゃないけど、車より速いものね」ヴィヴィアンはつぶやいた。

マックは車を飛ばしに飛ばし、空港に着いたときには、妹と弟二人は息をとめていた。操縦士と副操縦士と握手をし、飛行機に乗りこむまで、マックは口をきかなかった。今までは旅程を組むので精いっぱいで、危機的状況のことは忘れていた。

これから数時間の飛行の間は、考える以外にすることはない。ナタリーが死ぬ恐れもあるという医師の言葉をマックは思い出した。なにがあったかわからないが、まず状況を知らなければ。彼は携帯電話でダラスの病院にかけ、脅し同然の口調で救急救命室の研修医を電話に出させた。彼が名乗ってファックスが届いたか尋ねると、ミス・ブロックは手術中ですと研修医は答えた。くわしい容態はわからないが、胸を刺されて片方の肺が無酸素状態になっているという。研修医がこれ以上はわからないと言うと、マックはおおよその到着時刻を告げて電話を切った。

「ナイフで刺された？」ボブが叫んだ。「僕たちのナタリーが！」

「彼女は教師よ」ヴィヴィアンが哀れっぽく言った。「最近は危険な生徒もいるから」

「小学校の教師だぞ」マックは嫌悪感むきだしで言った。「そんな子供がナイフで刺すか？」

「子供の関係者の誰かかもしれないな」チャールズが推測した。

ヴィヴィアンは金髪をかきあげて静かに言った。「もし死んだら、私のせいだわ」

「彼女は死なない」マックはきっぱり言った。「そんな言い方はするな！」

ヴィヴィアンはちらりと兄に目をやり、その表情を見て、彼の手に手を重ねた。「ごめんなさい」

マックは顔をそむけたが、手を払いのけはしなかった。彼はこわかった。こんな恐怖に襲われたのは生まれて初めてだ。もしもナタリーを失ったら、この世に生きがいはない。すべて終わりだ。

9

　ナタリーが意識を取り戻すと、消毒薬のにおいがした。体のわきがうずき、肺が痛む。鼻には管が入れられ、呼吸がしづらい。傷つき、病んだ気分だった。ゆっくり目を開けると、白い部屋に緑色の上衣を着た人たちがいて、動きまわっているのが見えた。

　彼女はまばたきして、目の焦点を合わせようとした。どうやら病院の回復室のようだ。どうしてここに来たかは思い出せなかった。

　いらいらした男性の声がナタリーに会わせろとどなり、看護師が警備員を呼ぶと警告していた。しかし、効果はない。声の主は結局、上衣を着てマスクをしたうえで、部屋に通された。廊下で暴動が起こりそうな気配だったからだ。

　微風が吹き、黒い眼帯をした見覚えのある顔が上方に現れた。ナタリーはまだ目の焦点が完全に合わず、頭もぼんやりしていた。

　大きく温かな手が頬に触れた。ナタリーをのぞきこむ目はかつて記憶にないほど輝き、まるで濡《ぬ》れているようだ。まさか。私は夢を見ているのだわ。

「死ぬなよ！」彼はかすれた声で言った。「聞こえるか、ナタリー？　ぜったい死ぬなよ！」

「ミスター・キレイン」

看護師が制止するのを彼は無視した。「さあ、ナタリー、聞こえないのか？　目を覚ませよ！」

ナタリーはふたたびまばたきした。どうにか目の焦点が合い、見えたりかすんだりする。

「マック」そうささやいて、ふたたび目を閉じた。

マックは荒れ狂っていた。まるで担当医のように指示しまくり、それに応《こた》えて走りまわる足音が聞こえる。ほほえむことができたら、ナタリーはそうしていただろう。彼は口を開くまでは、全女性の憧《あこが》れなのに……。

その言葉が声に出て、微笑が顔に浮かんだことにナタリーは気づかなかった。

マックは強くナタリーの手を握った。彼女の姿を見て、触れることもできた今、彼の呼吸も落ち着いた。だが彼女の顔はまだ真っ青で、胸はかすかにしか動いていない。彼は死ぬほど不安だった。それがひどい癇癪《かんしゃく》となって表れたのだ。今にも誰かが彼を追い出し、ことによったら騒動を起こした罪で逮捕されるかもしれない。しかしナタリーを見て、生きていることを確認するためなら、彼は武装キャンプでも突破しただろう。少し前までは、よもや自分がこんなふうになるとは想像もできなかったのだが。

それは、病院の規則を片っ端から破り、ベテラン職員を駆けずりまわらせる兄を呆然《ぼうぜん》と眺める弟妹たちも同じだった。こんなマックは初めてだった。回復室に静かに横たわる女性を兄が愛しているのは明らかだ。どうしてずっと前に気づかなかったのだろうと、三人は顔を見合わせた。

マックと電話で話した外科医と思われる男性が手術着姿のまま回復室に入ってきた。長身で、黒い目をして、むっつりし、こちらもまた気が短そうだ。

「ミスター・キレイン?」医師は尋ねた。

「そうです」マックは医師と握手する間だけナタリーの手を放した。「容態はどうですか?」

「肺の下葉を損傷し、内出血がありました。しばらく入院する必要があります。今危険なのは合併症ですが、その点は大丈夫でしょう」医師は自信を持って言った。

マックは数時間ぶりに緊張が解けた気がした。「そばについていたいのですが」

医師は片方の眉を上げて、忍び笑いをもらした。「それは職員全員承知していますよ。ご親戚《しんせき》なのだからかまいませんが、回復室から一般病棟へ移すまでは待っていただきたい。それまでにあなたは事務局へ行って、患者の代理として書類に記入してください。搬送されてきたときは意識がなかったので」

マックはためらったが、ナタリーは眠っている。少しだけなら一人にしても大丈夫だろう。「わかりました」ようやく彼は言った。

医師は内心ほっとしながらも、あえて顔には出さなかった。マックに事務局を指し示すと、三人の若者がついていった。どうやら被害者の女性には面倒を見る家族が大勢いるらしい。そう思って、医師は軽い足取りで次の患者が待つ手術室へ向かった。

数時間後にナタリーはふたたび目を開いた。麻酔と痛みで体に力が入らない。うめきながら体のわきに触れると、厚く包帯が巻かれていた。

大きな手がその手をつかんで包帯から離した。「気をつけて。点滴がはずれてしまうよ」聞き慣れた声がやさしく言った。マックのようだけれど、もちろん、そんなはずはない。

ナタリーが顔を横に向けると、彼がいた。彼女はどうにかほほえんだ。「夢を見ているのかと思ったわ」眠たそうな声でつぶやいた。

「看護師たちは違うな。彼女たちは悪夢を見ていると思っている」ボブが意地悪く兄を見ながら言った。

「僕は用務員が玄関から飛び出していくのを見たよ」チャールズもさりげなく言い添える。

「黙れ」マックがいらいらして言った。

「兄さんは、あなたがしっかり面倒を見てもらえるようにしたいだけなのよ、ナット」ヴィヴィアンが歩み寄り、そっとナタリーの髪を払った。「かわいそうに。あなたの看護は私たち全員でするわ」

「そうだよ」ボブが同調した。

「君は家族だからね」チャールズもうなずく。

マックは無言だった。

ぼんやりして状況がよくわからないまま、ナタリーは弱々しくほほえんでから顔をしかめた。しかし少しするとリラックスして、また眠りについた。

ヴィヴィアンはナタリーがつながれた装置を見た。「これで数分ごとに自動的に鎮痛剤を注入するのね。誰かにきいてみるわ」そう言って、廊下へ出た。

ボブとチャールズはたがいに目配せすると、コーヒーをさがしに行くと告げ、兄の分も持ってくると言って病室を出た。

マックは無言でうなずいた。今はナタリーしか目に入らない。長旅のあと家に帰ったようで、ただそばに座って見ていたかった。衰弱してやつれていても、やはりナタリーは美しい。彼は握った手をさらにきつく握り締めた。

これまで自分の言ったことを思い出し、マックは胸が痛んだ。どうして彼女を疑ったりしたのだろう? 彼女が僕に嘘《うそ》をつくはずがないと心の奥ではわかっていた。だから彼女の裏切りをすぐに信じた理由はただ一つ。僕はやさしい彼女の存在に必死で歯止めをかけようとしていたのだ。僕は片目を失明し、いつか両目を失明する恐れもある。自立できるようになるまでは、弟妹三人を養う責任もある。そのすべてをナタリーのような若い娘に押しつけるのは不公平だと感じたのだ。

しかし危機が表面化してから一家は結束し、全員でナタリーのことを心配した。みんな彼女が大好きなのだ。当然、衝突することもあるだろうが、彼女なしの人生よりはましだと今は身にしみてわかる。なんとしても彼女を守り、幸せにしよう。もちろん、回復したら、彼女は野球のバットで僕の頭を殴りたいと思うだろうが、それもやむをえまい。

まずはナタリーを回復させることだ。マックは彼女をシーツにくるみ、両端を縛ってでも、モンタナに連れて帰るつもりだった。いやがっても、そうするしかない。ほかに安心して養生できる場所はないし、今は仕事もできないのだから。牧場なら、僕たち四人が交代でそばについていられる。

そのとき、ヴィヴィアンが戻ってきた。「やはり鎮痛剤だったわ。ナースステーションで看護師さんたちと話したら、今はどこにもコンピューターがあって……」彼女は照れくさそうに兄にほほえんだ。「なんだか、いいなって。看護師の仕事がこれほど複雑でやりがいのあるものだと初めて気づいたわ」

「ここではあまり看護師を見ないけどな」

ヴィヴィアンはにやりとして兄を見た。「兄さんが出ていけば、いっぱい見かけるわよ」

「うるさい」マックはつぶやいた。

ヴィヴィアンは兄を抱擁してベッドの反対側の椅子に座った。「兄さんもなにか食べに行ったら？　ナットには私がついているから」

マックは首を振った。ナタリーの手をしっかり握り、彼女があきらめないと確信できるまでは、放すつもりはなかった。

「コーヒーはいる？」ヴィヴィアンはねばった。「弟たちが買いに行ったよ」

「そう。じゃあ、私は売店に行って、ポテトチップスとソフトドリンクを買ってくるわ」

「いい考えだ」

ヴィヴィアンは内心ほほえんで出ていった。兄は彼女のほうを見もしないが、その気持ちは察せられた。自分がそばを離れれば、ナタリーが回復しないかもしれないと不安なのだ。必要なら、彼は純粋に意志の力でナタリーを生きながらえさせるだろう。彼が心配するのも無理はない。病床に横たわるナタリーは蒼白《そうはく》で、ひどくやせて見える。私のせいだわ、とヴィヴィアンは思った。まだちゃんとあやまっていないけれど、幸い、今度は聞いてもらえるだろう。

ヴィヴィアンが廊下をぶらぶらして病室に戻ると、マックはかがんでナタリーの寝顔を見つめていた。「かわいそうに」彼はナタリーを起こさないように、指先で軽く頬に触れながらつぶやいた。「君なしで生きていけるなんて、どうして思ったんだろう？」

ナタリーは意識のどこかでマックが自分に話しかけているのがわかった。しかし痛みと薬のせいで、頭がもうろうとしている。彼が頬に触れてから、そっと唇を撫《な》でるのを感じた。耳元で甘い愛の言葉のようなものをささやいている。そのとき、彼女は夢を見ているのだと確信した。マックが愛の言葉を口にするなんて……。

その夜遅くナタリーは意識が戻った。病室を見まわして、彼女は驚いた。ヒーターのそばの椅子にヴィヴィアンが眠っていて、ベッドわきの椅子では、ナタリーの手を握ったまま、マックが小さないびきをかいている。その横の冷たいリノリウムの床には、ボブとチャールズが一枚の毛布を分け合って眠っている。彼らを避けて仕事をしようとする看護師たちのいらだちが想像できるようだ。それに見舞い客の人数や付き添い時間の決まりはないのだろうか？　そのときナタリーはマックが着いたときの騒動を思い出し、もう彼がすべての決まりを破っているに違いないと想像した。

「マック？」ナタリーはささやいた。声が届かないようなので、もう一度呼びかけてみた。

「マック？」

マックは眠たそうに身じろぎし、すぐに目を開いた。彼はさらにきつくナタリーの手を握りながら体を起こした。「どうしたんだ、スイートハート？」愛情をこめた呼びかけに彼女は面食らった。マックは立ってそばに寄り、心配そうにのぞきこんだ。「言ってくれ。なにか欲しいのかい？」

ナタリーは飢えた目でマックの顔をさぐった。彼を見たのは数週間ぶりだ。どこか印象が違うけれど……。

「やせたのね」ナタリーはささやいた。

マックは握った彼女の手を見つめた。「君こそ」

ナタリーは言いたかった。あなたなしでは私は死んだも同然、あなたと会えなくて年をとってしまったのよ、と。だが、口にはできなかった。私が怪我《けが》をして、誰かが彼に連絡した。容態が悪かったので、ついにヴィヴィアンが真相を話したのだろう。彼が来たのは罪悪感のせい。ほかの三人もそうなのだわ。

握られた手を引き抜いて、ナタリーは胸に置いた。「なにもいらないわ。ありがとう」そう言って、顔をそむけた。

その他人行儀な態度にマックは打ちのめされた。意識が戻り、ナタリーはこの前会ったとき僕の言った言葉を思い出しているのだ。彼は両手をポケットに入れ、しばらくナタリーを見つめてから腰を下ろした。そして声に出してため息をついた。

ナタリーはまだ衰弱が激しく、すぐにまた眠ったが、マックは眠れなかった。ナタリーを見てくよくよ考えこんでいるうちに、ブラインドから朝の光が差しこんできた。まわりでは、弟たちとヴィヴィアンが身じろぎを始めた。

ヴィヴィアンは立ちあがってドアの外を見て、早朝の勤務シフトが始まっているのに気づいた。「三人とも、ホテルのスイートルームをとってお風呂に入ったら？　洗顔と食事の間、私がナタリーについているから。みんなが戻ってくるころには、彼女も人に会う準備ができているわ」マックはしぶったが、彼女が強引に椅子から立ちあがらせた。「疲れ果てているじゃないの。五十歳に見えるわよ。休まないと、誰の役にも立たないわ。少しは眠ったの？」

マックは顔をしかめた。「ナタリーが夜、目を覚ましたんだ」それで説明がつくかのように、彼は言った。心配と罪悪感で顔はげっそりしている。「彼女は僕が言ったことを思い出したんだ。それが目に表れていたよ」

「それなら私が言ったことも思い出すわね」ヴィヴィアンは言った。「大丈夫。彼女は根に持つような人じゃないわ。どうにかなるわよ」

マックはためらった。「僕たちと帰りたがらないだろうな」そう気づいて、顔がこわばった。「だが、袋に入れてでも帰らせるぞ！　僕が戻る前に目を覚ましたら、そう言っておいてくれ！」

その声でナタリーは目を覚ました。動くと、胸が痛んでびくっとしたが、マックのけわしい顔を見ると、目がきらめいた。「行かないわよ……どこへも、あなたとは、マック・キレイン」起きあがろうとしながら、精いっぱい強い口調で言った。「エレベーターまでだって……ごめんだわ！」

「落ち着いて」ヴィヴィアンが言って、ナタリーを寝かせた。「体力が戻ったらフライパンをあげるから、それで兄さんを殴ればいいわ。私も殴らせるから。でも今はよくならなければ。立てるまでは病院にいるしかないけど、完治するにはさらに時間がかかるわ。そのとき一人ではいられないでしょう」

ボブとチャールズも目を覚まし、兄や姉とベッドを囲んで面倒を見るよ」

「そうだよ」チャールズがきっぱり言った。「僕らみんなで面倒を見るよ」

「僕のゲームをつないで、コンピューターゲームの遊び方を教えてあげるよ」ボブが言う。

「じゃあ、僕はチェスだ」チャールズが続ける。

「私はいやな人間になる方法を教えてあげるわ」ヴィヴィアンが皮肉に言い添えた。「得意分野だから」

目をマックに向けて、ナタリーは動揺した。静かに彼女の顔を見つめる彼は弱々しくさえ見える。たぶん、光のいたずらだろうけれど。

「兄さんは早とちりの仕方を教えられるわね」ヴィヴィアンがさりげなくつぶやいた。

「おまえから教わったんだよ」そう言い返して、マックはナタリーを見た。「君を説得するつもりはない。君は僕たちと家に帰る。それだけのことだ」

ナタリーの目がきらめいた。「ちょっと聞きなさいよ、マック・キレイン」

「君こそ聞けよ」彼は頑としてさえぎった。「今から医者のところへ行って、どんな世話が必要かきいてくる。個人看護師を雇って、病院のベッドを運びこもう。必要なものはなんでも用意するよ」

ナタリーはいらいらして拳《こぶし》でベッドカバーをたたき、そのせいで胸が痛んで顔をしかめた。

「落ち着くんだ」マックがひやかすように言った。「いらいらしてもどうにもならないぞ」

「私は持ち運び自由の荷物じゃないのよ。あなたのものじゃないわ！」ナタリーは憤然と言う。

「結局、君は十七歳のときから僕のものだったんだよ」マックは静かに言って、妹のほうを向いた。「弟たちをホテルに連れていって二、三時間で戻ってくる。落ち着きしだい電話するから、必要なら連絡してくれ」

「わかったわ」ヴィヴィアンは笑顔で言った。「心配しないで。私がちゃんと世話をするから」

マックはまだためらったが、怒っているナタリーをもう一度心配そうに見ると、ようやく弟たちについて廊下に出た。

「私は行かないわ！」ナタリーは苦しそうに言った。

ヴィヴィアンはベッドに歩み寄り、やさしくナタリーの髪を額から払った。「いいえ、行くのよ、ナット。私と兄はいろいろ償うことがあるわ。私はあなたに嫉妬《しっと》して、死んでもホイットを自分のものにしたいと思った」彼女は悲しそうに首を振った。「彼は私にあなたとベッドをともにしたと嘘までついたのよ。あなたたちは一時間近く階下《した》にいて、その間に兄が帰ってきていたなんて私は知らなかったの」ヴィヴィアンが悔やんで言い添えると、ナタリーはその時間に自分とマックがしていたことを思い出し、頬を赤らめた。

「ホイットは私よりあなたのほうが自分を受け入れてくれると言ったの。それが大きな誤解のもとで、そのうえ私が兄に、あなたとホイットがいっしょのところを見たなんて嘘をついてしまったから」ヴィヴィアンは心配そうにナタリーの目を見つめた。「私を許せると思う?」

ナタリーは憤りを息としてゆっくりと吐き出した。「もちろん。長年の友達にうらみなんて抱けないわ」

ヴィヴィアンはかがんでナタリーの頬にキスをした。「今まで私はたいした友達じゃなかったけど、これからはもっとがんばるわ。初仕事として、体をふいて、朝ごはんを食べさせてあげるわね」

「マックはあなたを信じたわ」ナタリーは言った。

ヴィヴィアンはドアへ向かう足をとめて引き返し、カバーに置かれたナタリーの手にそっと手を重ねた。「私が嘘をついた夜、兄は書斎に鍵《かぎ》をかけて閉じこもり、スコッチをほとんどボトル一本空けたのよ。牧童頭と錠前師を呼んでドアを開けてもらって、ようやく私が部屋に入ったときには、酔いつぶれていたわ」ヴィヴィアンの目に苦悩の色が浮かんだ。「あんなふうに乱れることは決してないのに。それで私がどれだけ兄を傷つけたかわかったの。そしてあなたの卒業後、式に出なかったことを弟たちが非難したら、兄は一人で出かけて数日間、口もきこうともしなかったわ。私たちの仕打ちであなたが傷ついたのはもちろんだけど、私たちも傷ついたのよ。ごめんなさい。ホイットに関しては、初めから兄の言うとおりだった。彼は今、別のお金持ちの娘と付き合っているけど、その女の子もギャンブル好きだし、当分お金に不自由しないわ。私、ほんとうにばかだったわ」

「あなたは恋をしていたのよ。恋をすると、人は必ずしも理性的でいられなくなるわ」ナタリーはヴィヴィアンを許した。

「そうなの？」ヴィヴィアンが興味深そうに尋ねた。

「私にきかないで」ナタリーは顔をそむけた。「私の最初で最後の恋は十七歳のときだもの」

「そうね」ヴィヴィアンはやさしくほほえんだ。「ずっと兄を好きだったのよね。私はそれを利用してあなたを傷つけた。ほんとうに後悔しているわ」

「そういう意味で言ったんじゃないのに」

ヴィヴィアンはそっとナタリーの手をたたいた。「大丈夫。すべてうまくいくわ。それだけは信じて」

「ここへは四人いっしょに来たの？」

「ええ。病院から電話があって、あなたの生死がかかった手術に承諾書が必要だって。兄が近親者としてファックスで承諾書を送り、私たちはあなたのいとこということになっているの」ヴィヴィアンは話そうとするナタリーを手で制した。「そうしなかったら、あなたは死んでいたかもしれないもの」

「お財布に入れておいた事故時連絡カードに、あなたがマックの名前と電話番号を書かせたんだったわ」ナタリーは思い出した。「搬送されたとき、それが見つかったのね」

ヴィヴィアンはためらった。「状況は覚えているの？」

「ええ。男の子が二人バスケットコートで喧嘩《けんか》しているのが見えて、とめに入ったの。そうしたら一人がナイフを持っていて、胸を刺されたのよ。幸い、命でなく肺を少し失っただけですんだのね」

「これからは警察を呼ぶのよ」ヴィヴィアンはきっぱり言った。「それが警察の仕事なんだから」

「そうね」ナタリーはヴィヴィアンの手を握った。「ありがとう、来てくれて。あなたたち、とくにマックが来てくれるなんて、夢にも思わなかったわ」

「弟たちは知らせを聞いたとき、まずあなたは家族同然だと言ったのよ。あなたが気にいるかどうかはわからないけど、そのとおりなの」

「うれしいわ」ナタリーの下唇が一瞬ふるえた。「みんながまだ友達でいてくれて」

「ああ、ナット！」ヴィヴィアンはかがんでナタリーをやさしく抱擁した。「ごめんなさい！　もう二度とわがままを言ったり意地悪したりしないわ！」

ナタリーの青白い顔に熱い涙があふれた。ヴィヴィアンがティッシュをとって自分とナタリーの目をぬぐううちに、二人は声をあげて笑いはじめた。

「兄はまだあやまっていないわ」ヴィヴィアンは言い添えた。「あやまりたくてもあの性格だから、どこかであなたが妥協してくれない？」

ナタリーは心配そうな顔をした。「マックは体調が悪そうね」

「ええ。何週間も自分を追いつめてきたから。同居人の苦労はあえて言わないけど」

「それはいつものことでしょう」ナタリーは初めて冗談っぽく言った。

「今はいつも以上なのよ。信じないなら、兄が戻ってきたときに廊下を見てみるといいわ。病院の職員が出口めがけて逃げ出すのが見えるから」ヴィヴィアンはくすりと笑った。

「兄が回復室に入ってあれこれ指図しはじめたときには、みんな呆然と立ちつくしたもの」

「グレナも……来たの？」

「あなたが町を出て以来、兄はグレナとは会っていないわ。彼女の話もしないし」

ナタリーはなにも言わなかった。マックはきっと罪悪感をやわらげようとしているのだ。罪悪感を覚える理由もないのに。彼は間違った決めつけをして理不尽に私を非難したけれど、私が刺されたのは彼のせいではない。手にあまることに首を突っこんだ深慮のなさが原因なのだ。

ナタリーがうなずくと、ヴィヴィアンは看護師をさがしに出ていった。


昼食後にマックが弟たちと戻ってきた。三人とも、すっきりした顔つきだ。まともなベッドで少しは眠る時間があったのだろう。

弟たちは数分いただけで、病院の近くのショッピングモールにコンピューターゲームを見に行った。ヴィヴィアンは昼食のサラダを食べに病院のカフェテリアへ行き、マックはベッドわきの椅子に座ってナタリーを見た。前夜よりはだいぶ元気になったようだ。

彼はナタリーの手を握り、やさしくほほえみかけた。「顔色がよくなったな。気分はどうだい？」

「なにか面食らったような感じ」マックとは古い仲で親密なほどよく知っているのに、なぜか気恥ずかしくて言葉が出ない。

それを察したのか、マックはナタリーと指をからませて身をかがめた。「金曜日には退院できるそうだ。気管支炎の兆候がなければ、ジェット機でいっしょに帰ろう」

「ジェット機？」

「ここへ来るのにチャーターしたんだ。操縦士と副操縦士も同じホテルに泊まっている」

「ずいぶんお金がかかるでしょうね」

マックは苦笑した。「僕をどの程度のものと思っている？　成功した牛牧場といくつかの事業の利権に加え、上がりっぱなしの株も持っているんだぞ」

ナタリーは目をそらした。「私はここにアパートメントがあるわ」

「ああ、以前はあったな」

彼女はうろたえてマックを見た。「えっ？」

「家主には、君は戻らないと話しておいたよ。君の荷物は慎重に梱包《こんぽう》して、メディシンリッジに送らせた。郵便物の転送手続きもすませたよ」

「ばかなこと言わないで！　私はここに仕事があるのよ！」ナタリーは叫んだ。

「ああ、校長先生とも話をしたよ」マックは腹立たしいほど冷静に続けた。「君を失うのは残念だが、回復に時間がかかるし、代用教員をさがすしかないということだ。戻りたければ再出願すればいいが、戻りたくはないだろう」

「もちろん、戻りたいわ！」ナタリーは叫んだ。せっかくの新生活を勝手に変えてだいなしにされては、たまったものではない。「ばかなことしないで！」

「もうしてしまったことだよ、ナット」マックは彼女の手を握ったまま、立ちあがった。「それによく考えれば、僕にはそうするしかなかったとわかるはずだ。君を一人ここに残していくことはできない。たとえ君を嫌っていなかったとしてもね」

ナタリーは自分の手を握る大きな手を見つめた。顔と同じく、牧場での長時間の労働で日焼けしている。「町を出たときは、ほんとうにあなたに嫌われていると思ったわ」

マックは自分を卑下して笑った。「ああ。ヴィヴの言ったとおり、僕は早とちりの仕方を君に教えられるよ」彼は目を細め、片手をナタリーの頭の横について身をかがめた。

「だが、ほかにも教えたいことはいろいろある」

「たとえば?」ナタリーは息を切らして尋ねた。

「君が十七歳のときに僕が約束したことだよ」マックの口が吐息のようにやさしくナタリーの唇に触れ、そのまま感触を味わいながら彼女の興奮をつのらせる。「忘れたのか、ナタリー? そのときが来たら、愛し合い方を教えてあげると言っただろう?」

10

マックがこれほどやさしくそんなことを言うとは、ナタリーは自分の耳が信じられなかった。ともかく彼の唇に触れられ、顔中が興奮にうずいていては、考えることもできない。

「冗談だと思うのか?」ナタリーが答えないでいると、マックは身をかがめ、開いた唇に吐息を吹きかけながらささやいた。「病院からの電話で君が死にそうだと聞いたときに、ふざけるのはやめたんだ」彼は彼女の目をのぞきこんだ。「これからはすべて真剣だ」

ナタリーが理解していないのは表情でわかる。

マックは痛みを与えないように気をつけながら、彼女と軽く唇を触れ合わせた。「そもそも君をメディシンリッジから去らせるべきじゃなかったよ」

「二度と牧場に来るなと言ったくせに」ナタリーはなじるように言って下唇をふるわせた。

マックはうめき、必死な思いでキスをしてから自分を押しとどめた。かすかにふるえる手で乱れたナタリーの髪を撫《な》で、卵形の顔の輪郭をなぞる。「君が僕から彼に乗り換えたと思った」かすれた声で告白した。「それが耐えられなかったんだ」

ナタリーの表情が明るくなった。心も軽くなったのか、初めてマックの唇に手を伸ばした。「私だって耐えられなかったわ」悲しそうに言った。

マックはナタリーのてのひらに唇を触れ、むさぼるようにキスをした。「この数週間はつらかったよ。すべてヴィヴィアンと僕が早とちりしたせいだ」

「人を信じるのはむずかしいもの」ナタリーはゆっくりとマックの目をさぐり、不安とためらいを覚えた。まだ薬の影響もあり、彼女はマックの突然の愛情をすぐに信じる気にはなれなかった。そのうえ過去がよみがえった。私はこれまで愛した人をすべて失った。最初は両親、次にカール。カールが本気でなかったとしても、私には彼が初恋の人だったのだ。

「ばかに暗い表情だな。なにを考えているんだ?」やさしくマックが尋ねた。

「愛した人をすべて失ったことよ」ナタリーは思わずささやいて、体をふるわせた。

マックは顔を上げ、ナタリーの心配そうな目をのぞきこんだ。「僕のことは失わないよ」

ナタリーは胸が高鳴った。ようやく夢や幻聴でないと確信でき、もう一度言ってと頼もうと口を開いたそのとき、看護師がやってきた。マックはもどかしげなナタリーにただほほえみかけ、廊下に出た。

戻ってきたときには、彼はさっき口にしたことなど忘れているようだった。帰宅の計画を話しはじめ、それがすんだときにはヴィヴィアンや弟たちも戻ってきて、会話は終始あたりさわりのないものだった。

　金曜日の朝にはナタリーの肺に問題はなく、主治医のドクター・ヘイズからジェット機で帰郷する許可が下りた。マックは病院入り口でナタリーを車椅子から抱きあげ、空港まで行くハイヤーに乗せた。一時間もしないうちに飛行機は離陸し、午後遅くにはメディシンリッジに到着した。

　空港へは牧童頭とカウボーイが車二台で迎えに来ていたので、ジェット機で疲れた家族はゆったり牧場まで帰ることができた。家に着くとマックはナタリーを抱いて階段をのぼり、玄関に入った。そこで彼は少し足をとめ、いとおしそうにほほえみながら彼女の目をさぐるように見た。

「抱いて運んでくれなくてもいいわ」ナタリーはささやいた。弟たちはもうキッチンに直行し、ヴィヴィアンは客室のドアを開けるために先に二階へ上がっている。

「どうして？」マックはかがんで、ものうげに彼女に唇を触れ合わせた。「いい練習だよ」

　なんの練習？　いぶかしみつつも、ナタリーはその妙な言葉を聞き流した。腕を動かすと体のわきが悲鳴をあげ、思わず顔をしかめた。傷がまだ痛むのだ。

「すまない」マックはやさしく言った。「君の状態をつい忘れてしまう。まず階上《うえ》へ行こう」

マックは階段をのぼり、自分の寝室と隣り合った客室に向かった。ナタリーは心配そうに彼を見る。

「こんな状態の君を離れた部屋に置くわけにはいかないよ」そう言いながら、彼はヴィヴィアンの横を通って広々した部屋に入り、天蓋《てんがい》付きのダブルベッドにナタリーを寝かせた。「隣室へのドアも開けておくよ。夜になにか用事があるときは、僕を呼べばいい。僕は眠りが浅いから。それと鎮痛剤は僕のポケットにある。寝るときに必要なら、言ってくれ。寝巻きに着替えるのはヴィヴィアンが手伝うよ」

「センスがよくて、つつしみ深いものにね」ヴィヴィアンはいたずらっぽく兄を見てつぶやいた。

「いい考えだな」マックは平然と言い返すと、戸口で足をとめて目をきらめかせた。「そうしたら僕はパジャマを着るよ。いつもと違ってね」

マックが去ると、頬を赤らめたナタリーを見て、ヴィヴィアンはくすりと笑った。「あなたはまだ恋愛ごっこができる状態じゃないわ。だから心配せず、回復に集中して。夜、二、三メートル先に兄がいて、それでも安心できないとは言わないでね」

「ええ。でも、まだ親切につけこんでいるような気がして」

「つけこむって、家族じゃないの」友人は言い返した。「さあ、軽くて楽なものに着替えましょう。そうしたら私は夕食の献立を見に行くわ。私はもうおなかがぺこぺこなの」

マックがトレイを持って部屋に来て、夕食をともにしたのには、ナタリーは驚いた。しかし、驚きはさらに続いた。いつもは仕事をしに書斎へ行くところなのに、彼は前世紀のモンタナの生活に関する物語を読んでくれたのだ。歴史が好きなナタリーは目を閉じて、マックの深みのある声に耳を傾けながら眠りについた。

病院では、鎮痛剤をたっぷり投与されたおかげで悪夢も見なかった。だが快適なベッドでの最初の夜に、事件がよみがえった。ナタリーは耳元でやさしく呼びかけられながら、温かい胸に抱きあげられた。最初はこれも夢かと思ったが、胸のぬくもりや筋肉、それをおおう濃い毛の感触もなまなましい。暗闇《くらやみ》の中、彼女はおずおずと手を動かしてみた。

「マックなの?」ためらいがちにささやいた。

「これからは目を覚ましたとき、ほかの男がベッドにいるとは思わないでほしいね」彼は眠そうにつぶやいて、やさしくナタリーの髪を撫でた。「悪い夢を見たんだよ。ただの夢さ。さあ、またお眠り」

ナタリーはまばたきをして周囲を見まわした。自分の寝室だが、マックがいっしょにベッドに入っている。どうやらしばらく前からのようだ。

マックはナタリーを下ろして抱き寄せた。「あんな経験をした君をここに一人きりにすると思ったのか?」

「でも、ヴィヴィアンたちはどう思うかしら?」

「僕が君を愛しているのだと思うよ、たぶん」

ナタリーは眠くて、その言葉の意味がよく理解できなかった。「まあ」

「だから君が自分の足で立てるようになりしだい、僕らは結婚するんだ」

鎮痛剤による妄想かしら、とナタリーは思った。「やっぱりまだ眠っているのね、私」

「いや、残念ながら。僕がばかなことをする前に眠ったほうがいい。それにしても、妹のつつしみ深い寝巻きの考えはなってないな。まったく。生地ごしに君の肌が感じられるよ!」

たぶんそうなのだろう。ナタリーも胸に彼の固い胸板が感じられ、落ち着かない気分だった。しかし、まだ完全には目覚めていなかった。指をまるめて胸板をおおう毛にからめる。「どんなばかなことをしようと考えていたの?」無邪気に尋ねた。

「こんなことだよ」マックの手が胸元の小さなボタンを見つけ、器用にはずして肌と肌を触れ合わせた。

たちまち胸の先が硬くなり、こみあげる熱い感覚に、ナタリーは、はっとあえいだ。

「僕もまさに同じ感覚だよ。ちょっと下のほうは」

数秒遅れてマックの言っている意味がわかり、ナタリーは闇で顔が見えないのにほっとした。「最低な人!」

マックは忍び笑いをもらした。「君が反応するからさ。まあ、そのうち慣れるよ。僕は見かけ以上に盲目だったが、医者からの電話で多くのことがはっきりした。まず君が僕のものだということだ。僕は肉体的に完璧《かんぺき》じゃないし、扶養家族も多いが、それもまんざら悪くはないよ」

「あなたはどこも悪いところなどないわ」ナタリーは静かに言った。「少し障害があるだけよ」

「やがて両目を失明する恐れもあるわけだが、ナタリー、君となら、なんとかできると思うんだ」

「もちろんよ」ナタリーは答えた。

マックは彼女の髪を撫でた。「弟たちもヴィヴィアンも君が大好きだし、君も彼らを愛している。意見が合わないこともあるだろうが、それでも僕らは家族だ。全員に子供ができれば、大家族だよ」彼はくすりと笑って言い添えた。「まあ、子供は授かりものだが」

ナタリーはてのひらをマックの胸板に触れさせた。「あなたとの子供が欲しいわ」大胆に言うと、彼の心臓がどきりとするのがわかった。「あなたは息子が欲しい？　それとも娘？」

「どちらでもいいよ。君もだろう」

その言葉には永遠の響きがあった。ナタリーは思わずほほえんだ。子供は生涯の絆《きずな》なのだ。

「ええ、私もどちらでもいいわ」そう言って、彼女は目を閉じながら、満足そうに長い吐息をついた。

髪に触れるマックの手が緊張した。「だからって、がんばりすぎは禁物だけどな」

「えっ?」

「君の腰から上の全細胞が感じられるよ、ナット」マックはこわばった口調で言った。「僕は少し前から熱くなっている。今の君に情熱的な夜など無理なのに。まだ今は」

「ということは、いつか期待できそうね」

「約束するよ。君の体調が戻ったら、僕を待っていてよかったと必ず思わせる」

「もう思っているわ」ナタリーはささやいた。「心からあなたを愛しているもの」

マックは数秒間、無言だった。それから顔の向きを変えると、むさぼるように情熱的に、だが感動的なほどやさしくナタリーにキスをした。しかし数秒後に思わず彼女の脚に片脚が触れると、体がこわばり、ふいにあおむけになって笑い声をあげた。

「まずい考えだとわかっていたんだが」彼はため息をついた。

甘美な感覚で全身がうずく。ナタリーは体を起こして座ったが、苦痛で顔をしかめた。

「それなら、あのすばらしい考えがあるのに」そうつぶやくと、胸を押さえながらまた横になった。

「すばらしい考え?」マックが尋ねた。

「だから、つまり……」ナタリーは自分の言おうとしていることに気づいて、言いよどんだ。

横から愉快そうな声が響いた。「君が上になっても、僕は君を抱いて支えなければならないし、数秒もすれば、我を忘れて動きが激しくなる。傷口が開いて痛みが悪化するよ」

ナタリーは唾《つば》をのみこんだ。「ちょっと思っただけよ。忘れてちょうだい」

マックはやさしく笑って軽くキスをした。「努力するよ。ともかくその考えはありがたいね。だが今は、時も場所もまずい。まずは結婚しないと。そうすれば、たがいにいろいろなことが発見できるよ」

ナタリーはまだどきどきしていた。「そのときのことを思うと、わくわくするわ」

「僕もさ。だが、今はよそう。余裕があるうちに」マックはかがんで、硬くなったナタリーの胸の先にそっと口を触れ、しばらく舌で味わった。

ナタリーが息をとめ、顔を上げたマックは小さな常夜灯の光を浴びた彼女を見た。

「今の、好きだわ」ナタリーはささやいた。

「僕も好きだよ」マックはためらっていた。ぜったいまずい。そう思いながらも身をかがめ、ふたたび彼女の胸に唇を触れながら、片手でネグリジェをたくしあげた。腿の上部をゆっくりなぞり、ネグリジェの下の内腿をものうげにさぐる。

ナタリーはふるえはじめた。両手をためらいがちに彼の肩にかけ、与えられる快感以外は頭を真っ白にした。久しぶりだわ。そう思って、言葉が口に出た。

「久しぶりだ」マックもあえぎながら言った。「ああ、ナット。ほんとうに長すぎたよ！」

ナタリーは両手をマックの胸にすべらせ、密集した毛と温かな筋肉を味わいながら愛撫《あいぶ》した。

マックの体がこわばり、手がさらにひそやかな部分をさぐろうとする。ナタリーは彼の手首をつかもうとしたが、甘美な快感を拒めない。あきらめて、うめきながら、全身に脈打つ快感に身をゆだねた。

やがてマックがナタリーの手をつかみ、自分の体のほうへ導くのを感じた。彼はパジャマのホックをはずし、その中に彼女の手を入れた。ナタリーは男と女の違いを知って、うっとりした。いずれ死ぬほど恥ずかしくなるだろうけれど、今はこんなふうに彼に触れることにはそそられる。相手がほかの男性では、とうてい考えられなかっただろう。

最初は恐る恐るだったナタリーが徐々に自信をもって愛撫するようになると、彼女の胸に顔をうずめていたマックは思わず声に出してうめいた。

「痛くはないわよね？」ナタリーは声をふるわせてささやいた。

「君にこうしてもらって？」マックは体をふるわせ、激しく彼女の胸を吸う。「苦悶《くもん》しているんだよ。ああ、やめないでくれ！」あわてて言って、彼女が引っこめる前に手をつかんだ。「やめないでくれ、ベイビー。君に触れられるのは最高だ！　気にいっているよ！」

ナタリーが話そうと唇を開くと、マックはすぐに舌を差し入れ、手はさらに秘められた部分をさぐりはじめる。ナタリーは快感になすすべもなく身をゆだね、同時にリズミカルな動きで彼を助けた。目を開くと、マックが喜びにひたる彼女を眺めていた。

「こんな感じで男と女は最後まで進むんだ」マックはかすれた声でささやくと、ナタリーが無粋な質問をする間もなく、愛撫の手を速めた。快感に、ナタリーは今にも粉々に破裂しそうな気分だった。

ナタリーは衝撃にふるえながらマックの肩を握り、開いた口をむきだしの肩に触れた。数秒後には泣いていた。胸の傷がふたたび痛んだが、全身は愛撫でとろけ、まるで天国にいるようだ。

「マック」すすり泣きながら彼女は叫んだ。「ああ、マック！」

マックはやさしくキスをしていた。顔全体から喉、さらに張りつめた胸へ下り、ふたたび上に戻る。じゃまな布は一枚もなく、じかに彼の体が感じられた。そのとき初めてナタリーは、ネグリジェがどこか床に落ちたことに気づいた。

脱がされた記憶はない。覚えているのは、思い出すだけで体がふるえる快感だけだった。

「結ばれたら、それこそ燃えあがるよ」マックが耳元でささやいた。

「そうしたいわ」ナタリーはマックの唇にささやくと、両手でマックの頬を撫でながら、愛撫するような目で彼を見た。「今、結ばれたい」触れ合った腰を動かすと、彼の高まりが感じられる。

「僕もさ。君には理解できないほどね。だが君が完治して結婚するまでは、ここまでにしておこう」

「マック！」ナタリーはうめいた。

「君は僕の体重に耐えられないよ。それに君が上になったとしても、結ばれたときには今以上に動きは激しくなる。始めたら、僕は自分を抑えられない」

ナタリーがはっとあえいだ。言葉が頭の中で絵になり、薄明かりに照らされた顔が紅潮した。

「君はまだバージンだ」マックはかすれた声で続けた。「どんなに燃えあがっても、たぶん苦痛だろう。だが、慣れたときの快感は知ってもらいたい。結婚初夜に僕をこわがってほしくないんだ」

「そんなはずないでしょう……今のあとで」ナタリーは顔を彼の喉元にうずめてささやいた。「あんなに……すてきだったのに！」

「君を見ているのもすてきだったよ」マックは荒々しい声で言った。「でも、今日はここまでだ。君に痛い思いをさせてまで快楽を得るつもりはない」

マックはふいに起きあがると、ナタリーにネグリジェを着せてからパジャマのズボンを拾った。それからゆっくりナタリーのほうを向き、彼女が目をそらすのを眺めた。

「こわくて僕を見られないのか?」

やさしくマックがきくと、ナタリーは顔をしかめた。「ごめんなさい。む……むずかしいわ」

マックは声をあげて笑ったが、あざけりの響きはなかった。「臆病《おくびょう》だな」パジャマのズボンのホックをとめる音が異様に大きく部屋に響いたのち、彼は彼女の横にもぐりこみ、そっと抱き寄せた。

「朝までいっしょにいるの?」ナタリーはあえぐような声でささやいた。

「毎晩、朝までさ。結婚するまでは、君を守るために貞操帯をつけさせなくてはならないとしてもね」マックは意地悪く言った。「実際、そうなるかもしれないな。たまらなく君を欲しいから」

ナタリーは彼の肩に顔をすり寄せた。「私もそうよ。予想しなかったけど。あなたに求められるまで、人を求めるのがどういうことか知らなかったわ」

「どうしようもなかったんだ」マックはため息をついた。「忍耐の限界に達したのさ」

「どういう意味?」

マックはナタリーの鼻のてっぺんにキスをした。「いつかね。明日は仕事がある。少し寝よう。いいね?」

ナタリーは最高の気分でため息をついた。「ええ、マック」彼女はリラックスしてマックに体を寄せ、目を閉じた。彼はできるだけ彼女を抱き寄せて、上掛けをたくしあげた。「僕が今したことをあまり考えないでくれ」彼はきっぱりとつぶやいた。「あれは求愛の儀式の一部だ。法的に認められるまでは自制しよう。それまで君はヴィヴィアンと結婚式のプランを立てればいい」

ナタリーは眠そうに動いた。「本気なの？」

「もちろんさ」マックは笑っていなかった。「僕は君が十七歳のときから欲しかった。今も欲しい。そしていつしか恋に落ちていたんだ。この数週間はまさに地獄だった。二度と味わいたくないよ」

「私もよ」ナタリーは闇の中で彼の顔に触れた。「世界一いい妻になると約束するわ。死ぬまであなたの面倒を見る」

マックは唾をのみこんだ。「僕も君の面倒を見るよ、ナタリー」彼はささやいた。「そして墓に入ってからも君を愛しつづけるよ」

ナタリーはマックのむきだしの肩に唇を触れ、彼に抱きついた。「そのときは私もいっしょよ。どこへもいっしょについていくわ。どんなところでも」

マックはもう言葉が出なかった。やさしくナタリーの額にキスをして、暗闇の中で抱きしめた。

結婚式は多くの計画を要した。ナタリーの回復が思ったよりはかばかしくなかったので、大がかりなものは無理だったが、出席希望者はすべて招待したいので、やはり教会での式となった。二人は地元の長老派教会に決め、ナタリーは伝統的な白のウエディングドレスを着て、ヴィヴィアンに花嫁付き添い人を頼むことにした。マックは弟たちがいっしょに並べるように、花婿付き添い人を二人にした。慣例にはないが、あくまで家族の行事なのだ。

マックはダークスーツ、ナタリーはパフスリーブの優雅なシルクのドレスに長いベール、白薔薇《ばら》のブーケを持って、式に臨んだ。指輪交換のあと、マックはベールを上げ、初めて妻としてのナタリーを見た。彼が身をかがめ、このうえなくやさしくキスをすると、ナタリーの頬にはらはらと涙が流れた。見つめ合う二人の表情に、出席した婦人の中には涙ぐむ人もいた。その後、いっきにドアから走り出ると――実際にはナタリーの体調に合わせてゆっくり行われたが――二人はライスシャワーに迎えられた。少なくとも、その点は伝統的だし、ケーキとパンチの披露宴も同様だった。

「世界一きれいな花嫁だったわ、ナット」式のあと、心からキスをしながらヴィヴィアンが言った。「私がじゃましたのに、うまくいって、ほんとうによかった」

ナタリーは温かく笑った。「私もあなたも人生について学ぶべきことは多いわ。それに」

彼女は言い添えた。「つらい経験には常に希望の光があるものよ。この私を見て。あなただってきっとそうよ」

ヴィヴィアンは鼻にしわを寄せてほほえんだ。「想像してちょうだい。看護学校に通う私を」彼女はくすりと笑った。「でもダラスの看護師さんは向いていると言ってくれたし、私もそう思うの。仕事も器具の扱いもすべて好きだし。がんばって勉強すれば、まともな看護師になれるんじゃないかしら」

「その気なら、立派な医者にだってなれるさ」マックが言いながら二人に加わり、新妻の腰に愛情深く腕をまわした。「医学部の学費は出せるぞ」

「わかっているわ。でも、十年も学校で過ごしたくはないの。それに」そう言って、ヴィヴィアンはにやりとした。「病院の実権を握っているのが看護師だというのは周知のことでしょう!」

ナタリーは笑った。「あなたなら、そうなれるわ」

マックは妹の頰にキスをした。「この数カ月でずいぶん変わったな。とても誇らしいよ」

ヴィヴィアンはうれしそうに頰を染めた。「私こそ、兄さんが誇らしいわ。結婚が罠《わな》ではないとわかるのにずいぶん時間はかかったけど」

マックは妹の顔を静かに見た。「ナタリーに負担がかかりすぎるんじゃないかと思ったんだよ。しかし、不安も人生の一部だ。大変なときは、家族が団結して切り抜けるものさ」

「そうよ」ヴィヴィアンがあいづちを打った。「私も含め、みんなやり直しのチャンスがあってよかったわ。それをみんなすばらしく生かせたしね！」

「そして最高にすばらしいものはほんの数時間先だ」数分後、メキシコのカンクンへの短いハネムーンの出発準備をしながら、マックはナタリーに耳打ちした。

ナタリーがマックの頬に手を触れると、彼はその手を裏に返し、唇にてのひらを押しつけた。「ずっとあなたを待っていたのよ」生意気に彼女は言った。「その価値があるとあなたが言ったから」

マックは忍び笑いをもらした。「今にわかるよ」

二人はヴィヴィアンと弟たちに町の空港まで送ってもらい、そこからジェット機でカンクンへ発《た》った。泊まるのは、本土の少し沖にある島の豪勢なホテル。世界でも指折りの美しい白砂のビーチがあり、ナタリーには楽園のように思えた。

「きれいね」チェックインして部屋のバルコニーに立つと、何度も彼女は言った。「まるで絵葉書みたい！」

「まだ泳ぐのは無理だぞ」マックが釘《くぎ》を刺す。「でもせっかくだから、ビーチを散歩でもしようか？」

ナタリーはほほえんだ。「そうしたいの？」

マックは口をすぼめ、ピーチ色のシルクのワンピースを着たナタリーのしなやかな体を熱心に見つめた。「僕がしたいことは二人ともわかっていると思うけどな。だが、君に合わせるよ」

「貝殻拾いはいいでしょうね。まだ暗くないし」

マックは目をしばたたいた。「なんだって？」

「だって、今は真っ昼間でしょう」ナタリーはためらって、頬を少し赤らめた。「明るいときに服は脱げないし……あなたに見られながらなんて……できないもの！」

11

マックは唖然《あぜん》としてナタリーを見つめた。「まったく！」

まるで顔にパイでも投げつけられたかのような表情だ。ナタリーは両手を腰にあてて問いただした。「まったく、なんなの？」彼の態度は実に滑稽《こっけい》だ。

マックはナタリーの手からガイドブックをとり、引き戸の内側の円テーブルに置いた。そしてやさしく彼女を抱き寄せると、かがんで顔を近づけた。

婚約者としてではなく、愛し合う意図を持ってマックがキスをしたのはこれが初めてだった。キレイン家に戻った最初の夜にも親しく触れ合ったが、キス一つにこんな深いレベルの親密さがあるとは、ナタリーは夢にも思わなかった。膝がふるえ、初めて味わう感覚で全身が燃えあがってくる。

マックの手がゆっくり体をさぐりはじめると、ナタリーは彼の腕にしがみついた。彼の手は胸のすぐ下まで上がってきたが、胸には触れずに背中にまわった。数秒後にナタリーの体は彼の手を追って、愛撫《あいぶ》を懇願しはじめた。ようやくマックの手が胸に近づくと、彼女はうめきながらその手首をつかみ、胸のふくらみに手をあてがった。

マックがナタリーに親密に触れ、未経験な体に強烈な感覚を教えてくれた、あの夜のようだ。あのとき彼が教えてくれた恍惚《こうこつ》を、ナタリーは結婚式までの間、夢に見ては苦悶《くもん》してきた。あれ以来、彼はあまり近寄らず、指輪をはめるまで自制するという誓いを守りとおした。同じベッドで眠りながら、廊下へのドアは少し開けたままにして、彼女がどんなに誘いをかけても抵抗した。愛情深く、今まで以上にやさしいのに、あせって無分別なことはしなかった――今までは。

気がつくと、ナタリーはベッドに寝かされていた。じらすような愛撫はさらに誘惑的で刺激的になる。今や彼女の世界には体の欲求しかなかった。ここ数日、どれほどマックが欲しかったことだろう。彼に抱かれ、素肌に手を触れられ、あの目に見つめられたい。完全に彼のものになりたかった。ナタリーはのけぞって彼の口をむさぼり、ふるえる両手を彼の頭に添えて、巧みに動く唇を胸に導いた。胸はいつの間にかあらわになっていて、彼は硬くなったその先端を口に含み、吸いはじめる。ナタリーは思わずうめき、その甘い苦しみが長引くよう身をよじった。ああ、やっと。やっと夢がかなったのだわ！

やがてナタリーは服を脱ぎたくてたまらなくなった。エアコンで部屋はやや寒いほどだが、マックの唇と手は温かく、ベネチアンブラインドからはまぶしい光が差しこんでいる。マックはベッドカバーをはいで枕《まくら》を押しのけると、ボタンやホックをはずしながら、ゆっくりナタリーに身を重ねた。服に続いて靴も脱いだときには、二人とも欲望で我を忘れ、体が熱く高まっていた。

「式の前に気が狂うかと思ったよ」マックはナタリーの胸にキスしながら言った。「未経験のころみたいにうずいて、君といっしょにベッドで裸で過ごした夜のことしか考えられなかった。そして君を満足させたことしか！」

「私もよ」ナタリーはうめきながら彼にしがみついた。「もう一度欲しいわ。あなたが欲しい！」

「僕だって」マックはかすれた声で言って、やや荒々しく胸を吸った。「たまらなく君が欲しいよ！」

マックは少しの間、顔を上げた。やっとのことで自分を抑え、こわばった表情で、次に進んでもいいか、ナタリーの裸身を眺めて考えた。細めた目に欲望をたたえて、緊張した姿態をなぶるようになぞる。

「もう大丈夫だな」彼はささやいた。

どうしてわかるのか、きく間もなかった。マックはさっとナタリーを抱き寄せると、横向きになって、長い脚で彼女をはさみこんだ。両手を腰に添え、高まった体をリズミカルに押しつけながら、開いた唇をむさぼるようにもてあそぶ。

マックの片脚が脚の間に入り、じらすような動きで手の愛撫以上に興奮をかきたてると、ナタリーは身をふるわせ、さらに体を密着させようとした。

「あせらないで」やさしくマックが諭した。「あまり痛くないようにゆっくりしないと。君にどうしてほしいか、僕が教えるから」

マックは腰でナタリーを導き、裸ではかつて経験がないほどむつまじく体を触れ合わせた。ナタリーはもっともひそやかな部分に彼を感じ、目を大きく見開いた。不慣れな近さに、かすかにびくっとする。

「いよいよだ、スイートハート」マックは両手を腰に添え、やさしくナタリーを引き寄せると、彼女がかすかに感じる障壁にゆっくり体を押しあてた。

ナタリーは両手をマックの腕にくいこませた。マックが身を沈めはじめると、こわばった顔つきに魅了されてじっと彼を見たが、すぐに思いがけない激痛が走った。彼はためらい、片手を二人の間にすべらせてナタリーの緊張した筋肉を甘美にほぐした。

ナタリーは痛みから気をそらされ、あふれる快感でふるえはじめた。マックの熱意に、わずかに残っていた不安も忘れ、教えられる喜びをもっと得ようと、彼とともに貪欲《どんよく》に動きはじめた。

「痛いのは最初だけだ」そう言って、マックはさらに体を密着させた。「気をつけるから」

「かまわないわ」ナタリーはむせぶように言い、欲求に苦悶しながら体を押しつける。

「ああ、お願い、マック！」

「ナタリー」腿を熱くこすり合わせるうちに忍耐を失い、マックはうなるように言った。唇をむさぼりながらきつく抱きしめると、ナタリーの体が完全に開き、つかの間ためらうのが感じられた。

マックは目を開けてナタリーの目をのぞいたが、そこには躊躇《ちゆうちよ》も抗議もない。その目は情熱に酔い、顔は欲望でほてっている。

彼はナタリーの顔を見ながら両手に力をこめた。ゆっくり深く身を沈めると、彼女ははっとあえぎ、この初めて知る親密さに体が順応するにつれ、激しくうめきはじめた。

「緊張しないで」マックはささやいた。

「していないわ！」ナタリーは唾《つば》をのみこんで、ささやき返した。「とても……」目を閉じてあえぐ。「とてもすてきよ、マック！　すごく……すてき！」

マックが激しく動くたびにナタリーはすすり泣き、両手で彼を抱きしめ、踊るような動きに合わせた。快感が炎のように全身を駆け抜け、さらに体を密着させる。体内に彼を感じ、快感が脈打ちはじめた。動きが激しさと濃密さを増すにつれ、彼の顔がこわばり、息が苦しげになるのがわかる。

ナタリーは驚くほど甘美な歓喜の頂点に達しかけていた。もうすぐ、ほら……そこよ。ああ、正しい姿勢、正しい動きがわかりさえすれば……そうだわ！　彼女は体をのけぞらせてあえいだ。

「そこかい？」マックはささやいた。「わかった。さあ、抵抗しないで……いいね……抵抗してはだめだ……ナタリー！」

マックの声もナタリーの体も興奮にふるえていた。彼女の目も脳も体もどくどくと脈打ち、喜びとも苦悩ともつかない熱に包まれている。それが突然、耐えがたいほどすばらしく張りつめてから急にはじけ、ナタリーは歓喜に苦悶しながらマックにしがみついた。二人抱き合ったまま、初めて知る甘美なエクスタシーに包まれると、ナタリーは身をふるわせ、マックの体もふるえるのを感じた。

耳元でマックの深みのある声がした。彼の体はもう一度緊張すると、ついにリラックスし、そのまま体重をかけながらナタリーをマットレスに押しつけた。ナタリーは両腕を彼の背中にまわし、目を閉じてほほえんだ。温かく汗に湿ったマックの重みを感じながら、満足して脱力した彼をこんなふうに抱いていると、痛いほどの充足感を覚える。

すぐに彼は体を上げ、うっとりしたナタリーの顔を見つめてほほえんだ。「それで？」

ナタリーはその質問の意味がわかり、はにかんだように笑みを浮かべて、彼の喉元に顔を隠した。

マックはナタリーと結ばれたまま寝返りを打ち、さらに彼女を抱き寄せた。「胸の傷はどうだい？」

「大丈夫よ」ナタリーはささやいた。

「で、愛を交わした感想は、ミセス・キレイン?」

「すてきだと思うわ。こんなに甘美だなんて思いもしなかった。実はこわかったんだけど!」ナタリーは笑いながら言い添えた。

「気づいていたよ」マックはナタリーの鼻にキスをした。「ショックの用意はできているかい?」

「ショック?」けげんそうにナタリーは彼を見る。

「まあね」

ナタリーが頭をひねっているうちに、マックは彼女を持ちあげて体を離し、下を見たナタリーは顔が真っ赤になった。

「これでわかっただろう?」そう言ってマックはナタリーを下ろし、裸のまま堂々とベッドを出た。そのまま小型冷蔵庫まで行ってビール瓶を出すと、それをベッドへ持ってきて、ヘッドボードに背をもたれてシーツの上に腰を下ろした。「おいで」彼は腕を広げてナタリーを横に抱き寄せた。「今に慣れるよ。結婚は冒険だ。びっくりするような発見がいくつもあるぞ」

「これもその一つね」今のような状態のマックがまだ恥ずかしくて、ナタリーはつぶやいた。

マックは忍び笑いをもらした。「単に生身の人間というだけさ。慣れれば、謎《なぞ》は謎でなくなるよ。だが、最悪のハネムーンショックは切り抜けたな」

「そう思う?」ナタリーは思案深げに言った。「あなたはまだ、髪にカーラーを巻いて、お化粧をしていない私を見ていないわ」

マックはかがんでナタリーの鼻のてっぺんにキスをした。「君は僕にとっては美人だよ。服や外見は関係ない。愛しているよ。これまでよりずっと愛している」

マックはビールを開け、一口飲んでからナタリーの口元に差し出した。彼女は顔をしかめた。

「まあ、いいビールじゃないが、冷えていて、情熱の渇きを癒《いや》すにはいいよ」彼はもう一口飲んでナタリーのやわらかな体に視線を這《は》わせ、彼女が頬を赤らめるまで、自分が触れてキスしたところを眺めた。「ほんとうに君は最高だよ、ミセス・キレイン。スタイルがいいのは知っていたが、予想以上だった」

「あなたこそ」

マックはやさしく口づけをしてささやいた。「もう一度どうだい? それとも苦痛かい?」

ナタリーは横向きになり、片脚をマックの脚の間にすべりこませた。「苦痛じゃないわ」ささやいて体をすり寄せ、彼が緊張するのを感じて、誇りと達成感を覚えた。「あなたが欲しいわ」

ビール瓶をどうにか倒さずにテーブルに置くと、マックはナタリーを抱き寄せ、新たな情熱をこめてキスをした。こんなにすぐにこれほど強い欲望を覚えるはずはないのだが、すばらしい奇跡に疑問を唱えるつもりはない。むさぼるように唇を重ねると、彼はほかの疑問はすべて忘れていた。

その晩、二人は軽い夕食のあとバルコニーに座り、コーラを飲みながらメキシコ湾にのぼる月を眺めた。並んで座って手を握り、数秒ごとに目を見交わしては、すべてが現実なのを確認した。

「今まで見たどんな夢もこれほどではなかったわ」ナタリーはそっと打ち明けた。

「僕もだよ」マックはやさしく答え、飢えた目でナタリーを見た。「シャワーを浴びる間も君のそばを離れたくない。こんなふうになるとは夢にも思わなかったよ、ナタリー。目に見えない糸で結ばれているとまで感じるとは」

彼の手の甲を唇に引き寄せ、ナタリーは夢見るように言った。「これこそ、世に言う理想の結婚ね。だけど、私の願っていた以上のものだわ」

マックは彼女の手に指をからませた。「わかるよ」そして飢えた目でちらりとナタリーを見た。「ヴィヴィアンが嘘《うそ》をついたと告白したときの僕の気持ちはわからないだろうな。君を失いかけたと思うと耐えられなかった」

「すべて終わったことよ」ナタリーはやさしく言った。「ヴィヴィアンといえば、あなたがシャワーを浴びているときに電話があったわ。ボブとチャールズが例のマーロウとかいう人と狩りに出かけたので、週末は最初の試験のために猛勉強するつもりですって」

「弟たちには、出かけたりしてヴィヴィアンを一人にするなと言っておいたのに」マックはしぶい顔だ。

「よして」ナタリーはたしなめた。「ヴィヴィアンは大人だし、ボブとチャールズも実際には大人よ。彼らの行動にいちいち口を出すのはよさないと」

マックは彼女をにらみつけた。「そういうことを言うのは、その年の子供ができてからにしてほしいものだね！」

夢見る目つきでナタリーはため息をついた。「どちらも一人ずつ欲しいわ。あなた似の男の子と、庭やキッチンの仕事をしながらいっしょに過ごせる女の子と。その子たちが大きくなったら、また教職にも戻りたいし」

「そのつもりなのかい？」マックは尋ねた。

「子供が大きくなってからよ」ナタリーは言った。「小さい間は家でそばにいてやりたいし、そうしても生活には困らないでしょう。子供が学校に通うようになったら、仕事に戻るつもりよ」

マックはナタリーの手にキスをしてほほえんだ。「そうだな。それに僕はおむつを替えるし、哺乳瓶《ほにゅう》も与えるし、馬の乗り方も教えるよ」

ナタリーは彼のハンサムな顔をまじまじと見て、知り合ってからの長い年月とともに直面した試練を思い返した。「つらいときが二人を結びつけたのね」

「ああ」マックは言った。「炎が鋼鉄をとかすように。僕たちはたがいのいい面も悪い面も見たし、二大陸最高のセックスはできなくても、いい夫婦になれるだけの経験をしたんだよ」

ナタリーは口をすぼめた。「それどころか並はずれていい夫婦になれると思うわ」

「同感だね」二人はコーラの缶を掲げて乾杯した。

湾には、おりしも遊覧船が入港し、そのライトが闇《やみ》を照らして宝石をちりばめたような夜景を作っている。ナタリーの心もそんな気分――休日の船が安全な港に向かっている気分だった。孤児がようやく帰れる家を見つけたのだ。彼女は夫の手をきつく握り、心から幸せそうにため息をついた。

●本書は、2003年8月に小社より刊行された作品を文庫化したものです。

純白のウエディング
2024年2月15日発行　第1刷

著　　者／ダイアナ・パーマー
訳　　者／山野紗織（やまの　さおり）
発 行 人／鈴木幸辰
発 行 所／株式会社ハーパーコリンズ・ジャパン
東京都千代田区大手町1-5-1
電話／03-6269-2883（営業）
0570-008091（読者サービス係）
印刷・製本／中央精版印刷株式会社
表 紙 写 真／© Miramisska | Dreamstime.com

ISBN978-4-596-53539-9

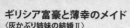

2月15日発売

ハーレクイン・シリーズ 2月20日刊

ハーレクイン・ロマンス

愛の激しさを知る

愛なき富豪と身重の家政婦　シャロン・ケンドリック／加納亜依 訳

花嫁は偽りの愛を捨てられない　ミシェル・スマート／久保奈緒実 訳
《純潔のシンデレラ》

孤独な城主と誘惑の9カ月　ジェニー・ルーカス／新井ひろみ 訳
《伝説の名作選》

ボスを愛した罪　サラ・モーガン／山本翔子 訳
《伝説の名作選》

ハーレクイン・イマージュ

ピュアな思いに満たされる

アドニスと飛べない白鳥　スザンヌ・マーチャント／大田朋子 訳

炎のキスをもう一度　エマ・ダーシー／片山真紀 訳
《至福の名作選》

ハーレクイン・マスターピース

世界に愛された作家たち
～永久不滅の銘作コレクション～

さまよう恋心　ベティ・ニールズ／桃里留加 訳
《ベティ・ニールズ・コレクション》

ハーレクイン・プレゼンツ作家シリーズ別冊

魅惑のテーマが光る極上セレクション

千年の愛を誓って　ミシェル・リード／柿原日出子 訳

ハーレクイン・スペシャル・アンソロジー

小さな愛のドラマを花束にして…

シンデレラに情熱の花を　ダイアナ・パーマー他／松村和紀子他 訳
《スター作家傑作選》

既刊作品

「裏切られた夏」

リン・グレアム　　小砂 恵 訳

病身の母を救いたければ、実業家ニックと結婚するように祖父に言い渡されたオリンピア。ニックは結婚の条件は、跡継ぎを産んだら離婚することだと言い放つ。

「冬の白いバラ」

アン・メイザー　　長沢由美 訳

ジュディは幼い娘と6年ぶりにロンドンへ戻ってきた。迎えたのは亡き夫の弟でかつての恋人ロバート。ジュディは彼が娘に自らの面影を見るのではと怯えて…。

「夢一夜」

シャーロット・ラム　　大沢 晶 訳

フィアンセに婚約解消を言い渡され、絶望を隠して、パーティで微笑むナターシャ。敏腕経営者ジョーに甘い愛を囁かれて一夜を過ごすが、妊娠してしまい…。

「幸せをさがして」

ベティ・ニールズ　　和香ちか子 訳

意地悪な継母から逃げ出したものの、ベッキーは行くあてもなく途方にくれていた。そこへ現れた男爵ティーレに拾われて、やがて恋心を募らせるが拒絶される。

「悪魔のばら」

アン・ハンプソン　　安引まゆみ 訳

コレットは顔の痣のせいで、憧れのギリシア人富豪ルークに疎まれ続けてきた。だが、ある事故をきっかけに別人のような美貌に生まれ変わり、運命が逆転する！

既刊作品

「花嫁の契約」
スーザン・フォックス　　飯田冊子　訳

生後間もない息子を遺し、親友が亡くなった。親友の夫リースを秘かに想い続けていたリアは、子供の面倒を見るためだけに、請われるまま彼との愛なき結婚を決める。

「婚約のシナリオ」
ジェシカ・ハート　　夏木さやか　訳

秘書のフローラは、友人に社長のマットが恋人だと嘘をついてしまう。だが意外にも、マットからもお見合いを断るために、婚約者を演じてほしいと頼まれる！

「情熱はほろ苦く」
リン・グレアム　　田村たつ子　訳

強欲な亡き祖父のもとで使用人同然として育てられたクレア。遺言により財閥トップで憧れだったデインと結婚するも、金目当てと誤解され冷たく扱われてしまう。

「思い出の海辺」
ベティ・ニールズ　　南　あさこ　訳

兄の結婚を機にオランダへ移り住んだ看護師クリスティーナ。希望に満ちた新天地で、ハンサムな院長ドゥアートに「美人じゃない」と冷たくされて傷ついて…。

「アンダルシアの休日」
アン・メイザー　　青山有未　訳

カッサンドラは資産家の息子に求婚されるが、兄のエンリケに恋してしまう。それが結婚を阻止するための罠だと気づいたときには身ごもっていた。10年後…。